Weil ich ein Mädchen bin!

Alles, was Mädchen wissen wollen

Ilona Einwohlt kennt sich in Sachen Mädchenkram bestens aus und schreibt mit Liebe, Witz und Leidenschaft Bücher. Eigentlich wollte sie Ernährungswissenschaftlerin werden. Aber dann las sie während einer Chemievorlesung „Das andere Geschlecht“ von Simone de Beauvoir – und widmete sich fortan der Literatur, insbesondere der für Mädchen und Frauen. Längst ist aus der Germanistikstudentin eine erfolgreiche Autorin geworden, die die Zeiten von Nesthäkchen, Dolly und Lady Punk hinter sich gelassen hat und findet, dass Mädchen gar nicht selbstbewusst genug sein können. In ihren Büchern geht es vor allem um Themen, die Mädchen interessieren – und um die Frage, wie sich Emanzipation und Feminismus im Alltag leben lassen. Ilona Einwohlt, Jahrgang 1968, lebt mit ihrer Familie in Darmstadt.

Pe Grigo zeichnet seit ihrem zweiten Lebensjahr. Ihr Stil ist frech, eigenwillig und unverwechselbar. Mit ihrem humorvoll fröhlichen und gleichzeitig feinfühligen Blick auf die Dinge des Lebens zeigt sie, mit wieviel Humor und Augenzwinkern man der Pubertät auch begegnen kann. Heute lebt die gelernte Druckvorlagenherstellerin und diplomierte Grafik-Designerin mit ihren zwei Kindern am Rande des Bielefelder Waldes.

Weitere Informationen zum Kinder- und Jugendbuchprogramm der S. Fischer Verlage finden sich auf www.fischerverlage.de

FSC www.fsc.org MIX Papier aus verantwortungsvollen Quellen FSC® C004592

3. Auflage 2020
Erschienen bei FISCHER Sauerländer

Umschlaggestaltung, Layout und Satz: Sabine Reddig
Umschlagabbildungen: Cover: © beonbjorn / photocase.de; © Fotolia: Alekks; altanaka; destina; Ian 2010; Jenifoto; Neyro; by-studio / Umschlagrückseite: © Fotolia: Dolphotostock; katyau; Neyro, Ruslan Kudrin, orfeev; © Pe Grigo
Illustrationen: Pe Grigo
Druck und Bindung: Firmengruppe APPL, aprinta druck GmbH, Wemding
Printed in Germany
ISBN 978-3-7373-5225-3

Ilona Einwohlt

Weil ich ein Mädchen bin!

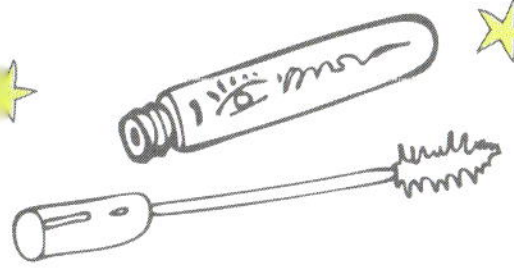

Alles, was Mädchen wissen wollen

Mit Bildern von Pe Grigo

SAUERLÄNDER

Inhaltsverzeichnis

Hey!

Du bist ein Mädchen in den besten Jahren, fröhlich, stark und unbekümmert und du denkst:

Hey, das Leben ist super, alles ist gerade so toll! Ich fühle mich gut so, wie ich bin.

Gleichzeitig gibt es da Veränderungen und Stimmungsschwankungen, etwas passiert gerade mit dir, in dir und um dich herum. Dein Körper wächst in alle Richtungen, Hosen passen nicht mehr und irgendwie wird gerade alles zu klein. Manchmal könntest du die ganze Welt umarmen und dann sinkt deine gute Laune von jetzt auf gleich in den Keller. Die Anforderungen seitens Schule und Eltern steigen, dein Umfeld lässt dich spüren, dass du für manche Dinge schon zu alt bist (Teddyknuddeln, Kikagucken) und für andere noch zu jung (Schminken, Alleineshoppen-Gehen).

Du denkst: Alles ist doof! Was wollen die nur von mir?

GLÜCKWUNSCH!

Du bist ein ganz normales Menschenkind auf dem ganz normalen Weg zum Erwachsensein!

Doch du hast dein persönliches Entwicklungsprogramm. Dich gibt es nur ein Mal auf der Welt!

Du bist etwas Besonderes – und du bist ein Mädchen!

Damit verläuft dein Großwerden vom Mädchen zur Frau unter bestimmten Vorzeichen, die anders sind als die von Jungs (Mehr dazu, warum das sowohl biologisch als auch gesellschaftlich so ist, später). Ein paar von diesen „typischen Mädchensachen“ kennst du bereits aus deiner frühen Kindheit, wie beispielsweise Prinzessinnen, Barbies und die rosa Kuschelecke in deinem Zimmer. Wahrscheinlich hast du auch eher mit Tieren und Tanzen zu tun als mit Fußball und Klettern, interessierst dich mehr für deine Freundinnen und coole Outfits als für Hochseekrabbenfischer und Lego StarWars. Das ist völlig okay und jede kann es machen, wie sie es will (vielleicht bist du aber auch eine Judoka und beim NABU, trägst Hosen und niemals Röcke und denkst dir nichts dabei). Das alles macht aber klar: Es gibt einen Unterschied zwischen Mädchen und Jungen (und zwischen Mädchen und Mädchen, auch dazu später mehr). Der wird jetzt während der Pubertät noch mal besonders deutlich – innerlich, äußerlich und um dich herum, das spürst du längst.

Dieses Buch mit all seinen Denkanstößen, Tipps und Übungen will dich dabei unterstützen, deinen ganz eigenen, persönlichen, individuellen Weg durch alle diese Veränderungen zu finden. Wenn du weißt, wer und wie du bist und was du alles kannst, kann dir so schnell keiner was. Dann bist du fröhlich, stark und unbekümmert und du kannst den Anforderungen seitens Familie, Freunden, Schule und Gesellschaft gut begegnen. Auf deine Weise. Weil du ein Mädchen bist.

Alles Gute dafür!

EVAlution

oder: Leben heißt Entwicklung, Veränderung und Anpassung

Hurra, ich wachse!

Gute Tage

Blöde Pickel

Runde Brüste

Haarige Sache

Schönheits-kult

Gut ernährt

Alles wächst

„Mensch, bist du gewachsen!“

Diesen Spruch hörst du sicher öfter von Tanten oder Opas, die dich länger nicht gesehen haben. Logisch, kleiner geworden wäre ja auch komisch! Und deine Entwicklungsschritte sind riesig, das merkst du, wenn du dir einmal klarmachst, was du bereits allein in deinen ersten sieben Lebensjahren gelernt hast (Laufen, Sprechen, Radfahren, Balancieren, Lesen ...) und was du jetzt gerade alles lernst (Streiten, Versöhnen, Diskutieren, Verstehen).

Gut zu wissen:

Unser Körper ist ein lebendiger Organismus, er verändert und entwickelt sich ständig. Jeden Tag wachsen Millionen von Zellen, alle sieben Jahre hat sich die Mehrheit deiner Körperzellen einmal runderneuert und mit ihnen auch dein geistiger Lebenshorizont, dein Denken, Fühlen und Handeln. Das ist ein fließender Prozess, den du nicht spürst und meistens erst im Rückblick benennen kannst. Bei dir, wie bei allen Menschen zwischen 8 und 14 Jahren, findet in diesem Alter vor allem die körperliche wie intellektuelle Entwicklung statt. Du hast gerade das Gefühl, du wächst in alle Richtungen, alles verändert sich, nichts ist mehr, wie es einmal war. Das ist eine aufregende Zeit, in der du dich gerade befindest! Erst mit 21 ist dein Körper ausgereift, geistig, physisch wie sexuell. Und dann stehen ihm weitere Veränderungen bevor oder, wie es so schön heißt: **Alle sieben Jahre zupfen wir das Kleid des Lebens zurecht!**

Mach dir eine Zeitleiste und vergleiche deine Kinderfotos! Wie hast du als Baby ausgesehen, wie mit 3, 6, mit 10 Jahren? Und was hast du damals gelernt? Was lernst du gerade?

Normal ist, dass …

… Kinder und Jugendliche unterschiedlich wachsen und es deshalb weder ein Normgewicht noch eine Normlänge gibt.

… Mädchen zwischen 7 und 12, Jungs zwischen 10 und 14 in die Länge schießen. Bei Mädchen hört das Längenwachstum mit etwa 16, bei Jungs mit etwa 19 Jahren auf.

… Mädchen zwischen 12 und 14 im Durchschnitt etwa 10 Kilo (!) zunehmen (Jungs übrigens auch).

… das Wachstum unabhängig von der Ernährung ist, das Körpergewicht aber schon.

… es viele verschiedene Menschentypen gibt und sich niemand in ein Schema pressen lässt.

… durch Hormonausschüttungen deine Figur weiblich und rund wird – und sie sich damit sehr deutlich von dir als Kind und von einem Jungenkörper unterscheidet.

… deine von Geburt an vorhandenen primären Geschlechtsmerkmale wie Eierstöcke, Gebärmutter, Vulva, Vagina jetzt heranreifen.

… sich deine so genannten sekundären Geschlechtsmerkmale wie Schamhaare, Achselhaare und Busen entwickeln und zeigen, dass du erwachsen wirst.

… es für die Regel keine Regel gibt (siehe Seite 24).

… dein Körper erst mit ca. 21 Jahren ausgewachsen ist.

Es geht um dich!

Du warst immer die, die unerschrocken auf Bäume kletterte, beim Wettrennen gewann und keine Angst vorm U-Bahn-Fahren hatte. Du warst gut in Mathe und Basteln, du warst die mutige Rote Zora und starke Pipi Langstrumpf, ein bisschen rosa-eingebildet wie Lillifee, solide wie Conni, clever wie Hermine, flippig wie Hannah Montana oder alles auf einmal. Du fandst es toll, ein Mädchen zu sein, überall gab es dafür Lob und Anerkennung. Immer warst du die Süße oder Beste – na klar, das bist du auch heute noch und wirst es immer sein!

Bist du „typisch Mädchen"? Frag mal bei deinen Eltern und Freundinnen nach! Was erzählen sich immer alle auf jedem Familienfest über dich? Oder halten sie dich eher für einen Jungen?

Etwas verändert sich aber gerade:

Früher hast du immer kurze Hosen getragen, aber jetzt plötzlich hat deine Mutter ein Problem damit, wenn du knapp bekleidet in die Schule gehst. Bisher haben alle lächelnd in dein Bäuchlein gekniffen und etwas von Babyspeck gemurmelt, aber jetzt plötzlich finden alle, du hast einen Bauch. Sonst hast du einmal in der Woche geduscht, aber jetzt plötzlich machst du dir Gedanken um deine fettigen Haare, deine fünf Pickel auf der Nase – überhaupt ist mit einem Mal alles komplizierter geworden. Du bist nicht mehr das kleine Mädchen, das alle für ihre Dribblekünste beim Fußball bewundern, du wirst jetzt anders angeschaut und bewertet, bemerkst Blicke und hörst Kommentare, plötzlich dreht sich alles nur um Äußerlichkeiten.

Kein Wunder, dass du anfängst, dich selbstkritisch zu betrachten, und das Gefühl hast, dass alles, was dich bisher ausgemacht hat – deine Fröhlichkeit, deine Unbekümmertheit, dein Talent für komplizierte Strickmuster, deine Kraft an der Kletterwand, deine Vorliebe für scharfe Würstchen – keine Wertschätzung mehr erfährt.

Warum ich gerne ein Mädchen bin … Halte es schwarz auf weiß fest und schreibe es dir auf: Was findest du toll an dir? Welche starken Momente gab es bisher in deinem Leben? Welche sind deine schönsten Erlebnisse? Warum bist du gerne ein Mädchen? In welcher Situation würdest du lieber ein Junge sein?

Veränderungen und Wachstum gehören zum Leben dazu. Und die Natur hat es so eingerichtet, dass wir Menschenkinder irgendwann um das 12. Lebensjahr herum geschlechtsreif werden. Was die Natur nicht mit sich bringt, sind die damit verbundenen gesellschaftlichen und sozialen Veränderungen. Mit anderen Worten: Du wirst als Mädchen geboren mit allen dazu gehörigen biologischen Anlagen, aber deine Rolle als Mädchen wird von den Menschen um dich herum bestimmt und geformt. Es sei denn, du kümmerst dich selbst und entscheidest, wie du als Mädchen sein möchtest. Denn darauf kommt es an!

Unbewusst läuft bei uns ein bestimmtes Programm ab, wenn wir an Mädchen denken. Medienbilder, Bücher und die Menschen um dich herum leben dir vor, wie Mädchen zu sein haben, denke beispielsweise an „typisch rosa“ oder die Anerkennung von leisem, angepasstem Verhalten oder dem kreativen Umgang mit Bastelbuch und Bastelschere. Dieses Rollenverhalten wird dann einfach unkritisch übernommen und weitergelebt. Auf diese Weise entstehen Rollenklischees. (Mehr darüber auf Seite 52ff.)

Jetzt geht's los!

Natürlich kommst du nicht plötzlich über Nacht in die Pubertät und wachst am nächsten Morgen völlig verändert auf. Aber während du schläfst und tagtäglich in die Schule gehst, passiert in deinem Körper eine ganze Menge, teilweise unbemerkt, teilweise ziemlich deutlich spürbar für dich. Das liegt daran, dass du von Kopf bis Fuß auf Entwicklung programmiert bist und es je nach Veranlagung früher oder später bei dir mit der Pubertät losgeht – „das" bekommt halt jeder.

Pubertät ist eine

Pickelige
Unzufriedene
blöde
eigensinnige
rotzig-
trotzig-
ätzende
tolle Zeit

Irgendwann zwischen dem 10. und 14. Lebensjahr fällt der Startschuss und in deinem Gehirn werden entsprechend stimulierende Hormone freigesetzt. Diese biochemischen Botenstoffe veranlassen deine Hirnanhangdrüse, weitere Hormone zu produzieren, die das Wachstum deiner Eierstöcke ankurbeln. Dort werden dann weitere Geschlechtshormone ausgeschüttet, die wiederum für Schamhaare, Busen und weichere Hüften sorgen. Ab jetzt reagiert dein gesamter Körper und formt deine Geschlechtsmerkmale aus (dazu gleich mehr auf den nächsten Seiten).

Pubertät stammt übrigens vom lateinischen Wort ***pubertas*** und bedeutet „Geschlechtsreife".

Dein Gehirn befindet sich ebenfalls in der Umbauphase. Es überprüft (bildlich gesprochen) sämtliche Leitungen auf Nutzen und Qualität: Die, die es nicht braucht, werden stillgelegt, andere werden sortiert und neu verknüpft. Und die Stelle im Gehirn (Stirnlappen), an der sich bei erwachsenen Menschen vernünftiges Denken und Handeln (also der mahnende Zeigefinger!) befindet, ist noch weich und labil. Erst im Laufe deiner Jugendjahre verfestigt sich alles – so wie dein Charakter, dein Ich, dein Körper. Daher auch der Spruch: Das wächst sich aus.

DEIN GEHIRN IST EINE BAUSTELLE

und in deinem Körper wirbeln gerade alle möglichen Hormone durcheinander – wie sollst du da auf der Spur bleiben, immer gute Laune haben und wissen, wer du bist?

T!PP

Was du so oder so tun kannst

- Signalisiere deinem Umfeld, dass du Bescheid weißt und dein Verhalten reflektierst.
- Bitte deine Eltern und Mitmenschen, dich ernst zu nehmen. Wenn dein Vater schlechte Laune hat, will er ja auch nicht ausgelacht werden.
- Respektiere Grenzen, also werde weder gewalttätig noch ausfallend, wenn dich ein Wutanfall überkommt.
- Schreibe Tagebuch! Denn es tut gut, sich alles von der Seele zu schreiben und ab und zu nachzulesen, was los war.
- Sorge für Regelmäßigkeiten und Ausgleich in deinem Alltag (Schlaf, Freizeit, Bewegung an der frischen Luft).
- Lache so oft wie möglich, denn das hilft, die Dinge nicht so eng zu sehen.

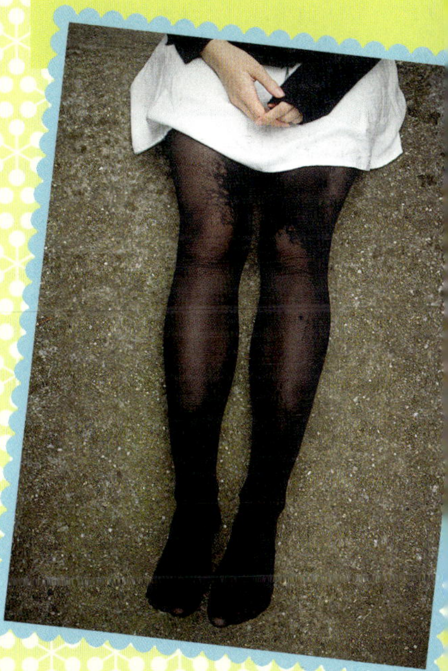

Frage deine Eltern, wie das bei ihnen damals war! Und wie Oma und Opa reagiert haben … Die meisten Erwachsenen vergessen gerne, dass sie auch mal trotzig-rotzige Pickelträger waren.

Haare gut, alles gut

Ein erstes Anzeichen für den Beginn der Pubertät ist das Wachstum von Scham- und Achselhaaren, auf die du zunächst stolz sein solltest, bevor du dir überlegst, sie abzurasieren, wie es aktuell Mode ist. Zwar hat unsere Körperbehaarung heutzutage keine Funktion mehr, weil du längst einen Pulli und lange Hosen trägst, um dich zu wärmen. Dennoch zeigt sie, dass du „echt" bist und dich gesund entwickelst.

Es ist Geschmackssache und deine persönliche Entscheidung, ob du die Haare unter deinen Achseln, an deinen Beinen und in deiner Bikinizone, entfernen möchtest oder nicht. Von Heißwachs, Nassrasierer bis hin zum High-Tech-Epiliergerät gibt es jede Menge Pflegeprodukte (Rasierschaum, Pflegecremes), die „frau" braucht, wenn sie eine schöne glatte Haut habe möchte. Das kostet Geduld und Zeit und vor allem Geld – und macht dich, wenn du dich darauf einlässt, zum Opfer einer nicht enden wollenden Pflegespirale.

In anderen Kulturen, wie zum Beispiel in Japan, gilt eine üppige Schambehaarung als Zeichen für Fruchtbarkeit, Muslime empfinden Körperbehaarung als unhygienisch, in der Südsee rasieren sich die Frauen sogar komplett, um das vertikale Lächeln der Schamlippen in seiner vollen Schönheit zu zeigen.

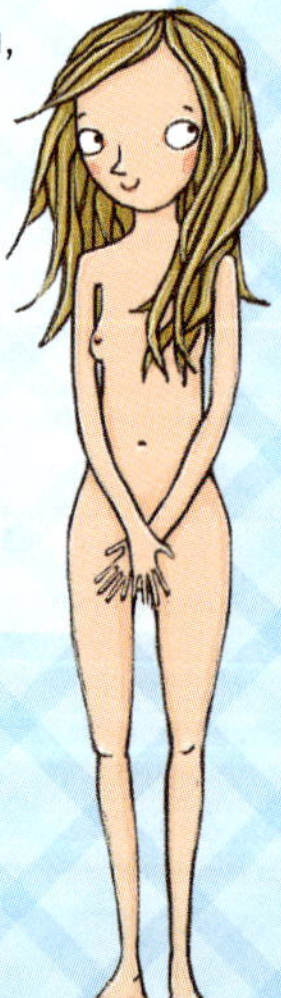

Fettige Haare? Muss nicht sein!

Anti-Fett-Shampoos verhindern schnelles Nachfetten, trocknen auf Dauer aber leider die Haare aus. Besser, du wäschst deine Haare regelmäßig mit einem milden Shampoo. Diese Spülungen helfen gegen fettige Haare:

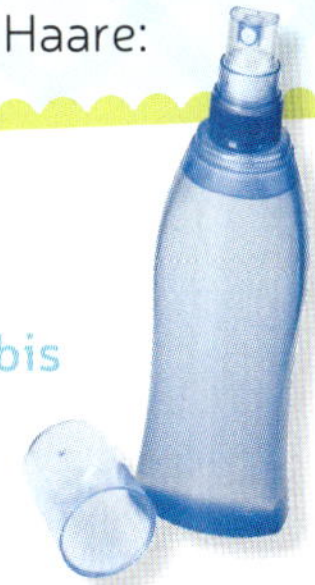

Bier-Spülung

Nach der Haarwäsche je nach Haarlänge bis zu einer halben Flasche Bier ins feuchte Haar einmassieren, nicht ausspülen! Der Geruch verfliegt schnell.

Salbei-Apfelessig-Spülung

Übergieße eine Handvoll Salbeiblätter mit 1 Liter kochendem Wasser. Dann die Salbeiblätter herausfischen, das Wasser abkühlen lassen. Zwei Esslöffel Apfelessig hinzufügen, ins feuchte Haar einmassieren und nach 10 Minuten Einwirkzeit mit warmem Wasser ausspülen.

Deos verhindern in der Regel die Schweißbildung nicht – welche ja eine normale körperliche Reaktion ist –, sondern „übertünchen" den Geruch, den die Bakterien absondern, wenn sich der Schweiß auf der Haut zersetzt. (Frischer Schweiß riecht nicht!) Dabei entsteht unter anderem Buttersäure (riecht ein bisschen nach Kotze) und Ameisensäure (beißender Geruch).

Das Erwachsenwerden bringt es mit sich, dass sich dein Körpergeruch verändert. Biologisch gesehen sonderst du jede Menge Duft- und Botenstoffe ab, die deinen Mitmenschen signalisieren: Hallo, ich bin jetzt eine Frau! Dein persönlicher Duft ist abhängig von deiner Veranlagung, deiner Ernährung und deiner Hygiene (regelmäßig waschen und T-Shirt wechseln).

Für dein persönliches Deospray brauchst du:

- 1 kleine Sprühflasche
- 70 ml abgekochtes Wasser
- 1 Teelöffel Natron (gibt's bei den Backzutaten im Supermarkt)
- 1 Tropfen Parfum oder ätherisches Öl zum Duften nach Geschmack

Vermische alle Zutaten gut miteinander und fülle dein Deowasser in die saubere Sprühflasche. Vor jedem Gebrauch gut schütteln und innerhalb von vier Wochen verbrauchen.

Vom Mädchen zur Frau

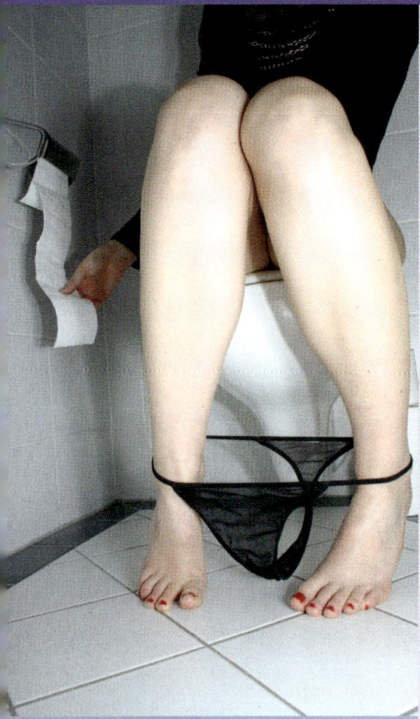

Viele Mädchen freuen sich auf ihre Periode, weil sie dann eine „richtige" Frau sind und dazugehören. Stimmt! Die einen gehen feiern, andere tragen ein besonderes Schmuckstück, die meisten nehmen es als das, was es ist: ein Zeichen ihrer Weiblichkeit! Denn es bedeutet: Du bist wunderbar gemacht, mit all deinen Ecken und Kanten und Rundungen, auch dazu, eines Tages ein Baby zu bekommen. Oder zwei. Oder drei. Und wenn du das nicht möchtest, bist du ebenfalls dazu gemacht, eine bewusste Entscheidung zu treffen, und hast viele Möglichkeiten, eine Schwangerschaft zu verhindern.

Jetzt ist es erst mal so: Seit einer Weile hast du Weißfluss (Schleim, der deine Gebärmutter vor dem Eindringen von Bakterien schützt und je nach Zyklus unterschiedlich fest oder flüssig ist, bei der einen stärker, bei der anderen schwächer). Deine Brüste und Schamhaare wachsen und ab und zu zwackt es in deinem Bauch, vielleicht ist dir öfter mal übel. Und dann, tata!, eines Tages, irgendwann zwischen deinem 10. und 16. Lebensjahr ist es dann so weit. In deiner Unterhose zeigt sich eine bräunliche Blutspur, du hast deine Regel, Tage, Periode oder eben Menstruation (von lat. *mensis* = Monat und griech. *mene* = Mond), alle vier Wochen wieder, wobei es eine Weile braucht, bis sich dein Zyklus eingespielt hat (remember: hormonelle Umbauphase).

Blut hat eine reinigende Funktion – egal, ob bei einer Schnittwunde oder bei deiner Regelblutung. Vertraue deinem Körper, er weiß, was er tut. Es ist ein natürlicher Vorgang. Keine Sorge übrigens: Du verlierst während deiner Periode nicht mehr als etwa eine halbe Tasse Blut und dein gesunder Körper bildet es immer wieder neu.

Das passiert:

1. 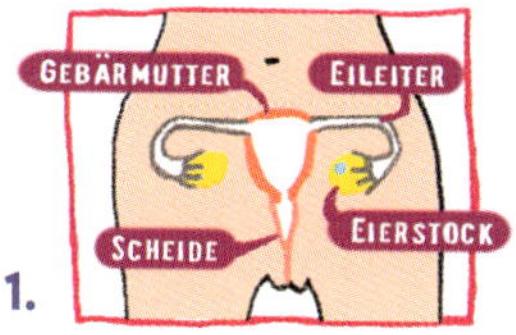

2. 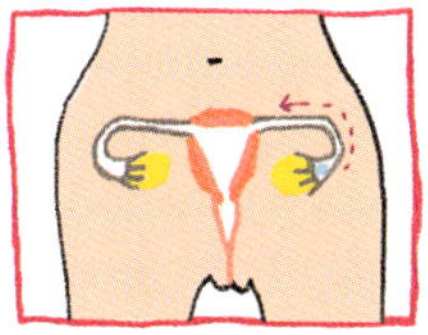

3. 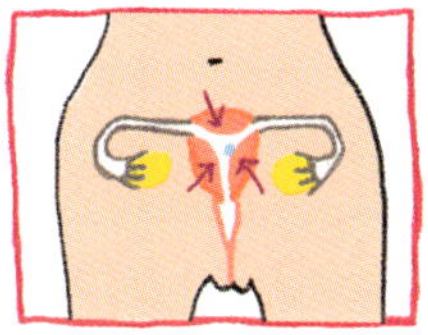

4. 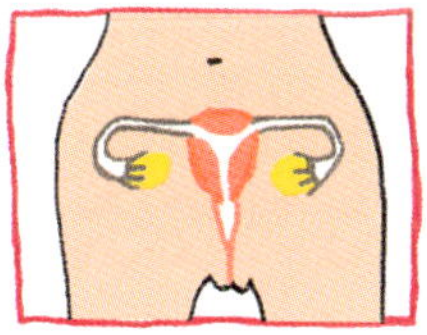

5. 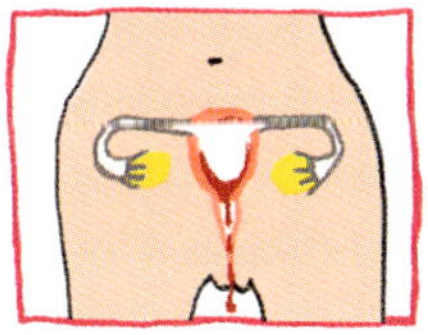

1. Die Hirnanhangdrüse gibt ein Hormon ab, wodurch im Eierstock innerhalb von etwa 14 Tagen eine stecknadelkopfgroße Eizelle heranreift.
2. Diese „springt" in den Eileiter (Eisprung) und wandert Richtung Gebärmutter (das dauert etwa 4 Tage).
3. Dort hat sich unterdessen eine weiche Schleimhaut aufgebaut, um der befruchteten Eizelle ein schönes Babynest zu geben.
4. Wird das Ei nicht befruchtet, löst es sich auf und die Schleimhaut baut sich wieder ab.
5. Etwa 10 Tage später „räumt" die Gebärmutter auf und trennt sich von dem überflüssigen Babynest – du bekommst deine Regelblutung.

Im nächsten Zyklus (= immer wiederkehrende Sache) beginnt das ganze wieder von vorne: Aufbau – Abbau – Ausscheidung. So ein Zyklus dauert zwischen 21 und 32 Tagen und verläuft bei jedem Mädchen unterschiedlich. Vor allem zu Beginn, wenn sich das hormonelle Zusammenspiel in deinem Körper noch nicht eingependelt hat.

Zahlenspiel (ausgehend von Durchschnittszahlen):

Periode: 5–7 Tage, also 12×5 = 60 Tage pro Jahr
Dauer: ca. 40 Jahre lang = 40×60 = 2400 Tage = 6–7 Jahre
(diese Jahre leben Frauen durchschnittlich länger als Männer)

Gute Tage, schlechte Tage

Für die Regel gibt es keine Regel! Sie verläuft bei jedem Mädchen anders, manchen zwackt der Bauch, andere haben Kopfschmerzen, sind unkonzentriert und müde, andere (und das ist die Mehrheit) spüren gar nichts und fühlen sich wie immer. Das ist normal! Normal ist auch: Niemand fühlt sich besonders wohl, wenn er blutet und Bauchweh hat. Kein Wunder also, wenn du dich an jenen Tagen schlapp fühlst und dich am liebsten verkriechen möchtest. Aber keine Sorge, diese besondere Erfahrung teilen alle mit dir, die sie kennen. Gönne dir also bewusste Pausenzeiten, ziehe dich zurück und tue dir etwas Gutes, wenn dir danach ist. Bitte um Mitgefühl (nicht Mitleid!) bei Menschen, denen du vertraust, du brauchst es ja nicht in alle Welt herauszutrompeten. Ein einfaches „Ich brauche heute Zeit" oder „Ich möchte alleine und in Ruhe sein" reicht.

T!PP

Gut zu wissen!

- Binden, Tampons und Slipeinlagen gehören in Zeitungspapier gepackt in den Mülleimer.
- Alle Hygieneartikel musst du mehrmals am Tag wechseln.
- Wasche dich morgens und abends mit deinem Lieblingsduschgel. Intimlotionen kosten unnötig Geld und schädigen den natürlichen Säureschutzmantel deiner Haut (Scheidenflora).

Alles, was dich entspannt, tut dir gut!

- Abwarten und (krampflösenden) Tee trinken!
- Eine Wärmflasche auf dem Bauch wirkt Wunder! Gönn dir ein besonders hübsches Exemplar, vielleicht mit einem selbst genähten Bezug.
- Entlaste deine Verdauung und vermeide blähende Nahrungsmittel, also kein Fast Food, Weißbrot oder Hülsenfrüchte, sondern viel frisches Obst und Gemüse.
- Magnesium beugt Krämpfen vor. Das kannst du in natürlicher Form von Brokkoli, Fisch, Fleisch oder in Zusatzpräparaten zu dir nehmen (zum Beispiel Schüßler Salz Nr. 7, 3×5 Tabletten).
- Eisen hilft gegen Müdigkeit und Schlappheit: frische Petersilie oder Kräuterblutsaft aus der Apotheke.
- Führe ein Tagebuch! Schreibe dir auf, wann du deine Periode bekommst, wie du dich dabei fühlst, wie stark die Blutung ist. Mit der Zeit bekommst du ein besseres Gefühl für deinen Zyklus.
- Bei starken Schmerzen helfen krampflösende Präparate aus der Apotheke.
- Bei unerträglichen Schmerzen gehe bitte sicherheitshalber zum Arzt. (Ansonsten gibt es keinen Grund für einen Frauenarztbesuch, nur weil du deine Periode bekommen hast).

T!PP

Sorge gut für dich!

Lass dir in der Apotheke deine persönliche Teemischung mit folgenden Heilkräutern je nach Geschmack zu jeweils gleichen Teilen zusammenstellen: Fenchel (krampflösend), Kamille (entspannend), Melisse (entspannend), Pfefferminze (krampflösend). Mit einer frischen (oder Tiefkühl-) Himbeere pro Tasse schmeckt der Tee noch mal so lecker! Hebe deinen TT (Tage-Tee) in einer hübschen Dose auf.

Alles echt, alles normal

In Zeiten, als man noch nicht so viel über Medizin und den Frauenkörper wusste, galt eine Schwangerschaft als der hygienische Zustand einer Frau. Weil sie dann nämlich nicht blutete und nicht „giftig" war (weshalb Frauen damals zum Beispiel nicht Sauerkraut oder Gurken einmachen durften, wenn sie ihre Periode hatten). Längst (na ja: seit 1958, also seit knapp 60 Jahren) ist wissenschaftlich bewiesen, dass es „Periodengift" (Menotoxin) nicht gibt – aber die Vorurteile halten sich hartnäckig. In Afrika werden Frauen teilweise immer noch alle vier Wochen in Menstruationshütten verbannt.

Alles, was neu ist, ist erst einmal befremdlich, weil du dich noch nicht so gut damit auskennst. Egal, ob das die neue Schule ist oder eben dein Körper, der dir jetzt alle vier Wochen zeigt: „Hallo, ich bin eine Frau!" Vielleicht würdest du damit ganz gut klarkommen, wären da nicht all die Stimmen von außen, die dich verunsichern und dir einflüstern: „Die hat ihre Tage, deswegen tickt sie so komisch." Oder Werbung, in der Frauen und Mädchen fröhlich, glücklich und unbeschwert im engen, weißen Kleid herumtanzen und ihre Periode „sauber und diskret" erleben.

Lass dir nicht von anderen einreden, wie du zu sein hast. Sag, wenn du dich nicht wohlfühlst und deine Ruhe haben möchtest, du musst niemandem etwas beweisen. Sei stolz auf dich und deinen gesunden Körper, der etwas Besonderes kann, nämlich Kinder kriegen! Das ist kein Makel oder Hindernis oder ein Grund zur Diskriminierung, sondern schlichtweg eine biologische Eigenschaft, die dir in die Wiege gelegt wurde. Was daraus gemacht wird, nämlich ob du dich der Ansicht Frausein = Mutterschaft = Nachteil anschließt, ist deine ganz persönliche Entscheidung und was du daraus machst.
(Es sind ganz sicher nicht die Kinder, die Frauen an ihrem persönlichen und beruflichen Werdegang hindern, sondern gesellschaftliche Umstände und Vorurteile, aber das wäre ein Buch für sich.)

Die Frage allerdings ist, wer mit der Periode mehr Probleme hat:
Männer, weil sie sich nicht vorstellen können, regelmäßig zu bluten und Schwäche zu zeigen? In Zeiten, in denen Wissenschaft und Medizin reine Männerdomänen waren und weder Untersuchungsmethoden noch Erkenntnisse darüber existierten, wie die Periode bei Frauen verläuft, gab es schlichtweg Angst und Ekel davor. Die an sich natürliche Blutung galt als ein unerklärliches, befremdliches Phänomen, also wurde sie geächtet, und Frauen, die sich „unpässlich" fühlten, wurden als schwach, krank und hysterisch abgetan. Eine Ansicht, die sich mancherorts bis heute gehalten hat.

Oder haben Frauen mit der Periode ihre Probleme, weil sie aufgrund dieser körperlichen „Schwäche" (die ja eine positive Ursache hat!) jahrhundertelang diskriminiert wurden und sich die Meinung der anderen zu eigen gemacht haben?

Oder ist es unsere Gesellschaft, die ein Problem mit der Periode hat, weil ihr jegliches Gefühl für natürliche Vorgänge abhanden gekommen ist und sie auf der Suche nach Optimierung unserer Leistungsfähigkeit in Schule und Beruf auf körperliche Signale – ob Bauchweh, Burn-out oder Hyperaktivität – sofort mit Tabletten und einem medizinischen Befund reagiert? Unsere High-Tech-Gesellschaft ist es mittlerweile gewöhnt, alles kontrollieren zu können, da passen individuelle körperliche Bedürfnisse nicht hinein. Denn nach Möglichkeit soll jeder Mensch jeden Tag „normal" und voll funktionsfähig sein, egal, wie er sich gerade fühlt.

Frag doch mal rum:
Welche von deinen älteren Freundinnen findet ihre Periode toll und hat kein Problem damit? Wie war das bei deiner Mutter, deiner Oma?

LEBE DEIN MÄDCHEN-SEIN, *und zwar so, wie du es fühlst. Und nicht, wie die Werbung dir das zeigt oder es andere von dir verlangen.*

Plöde Pubertätspickel

So entsteht ein Pickel:

Ob es dir gefällt oder nicht (natürlich nicht!): Pickel signalisieren allen: Du bist in der Pubertät! Dabei neigt die eine Haut mehr zu Pickeln als die andere, was wiederum an deiner ganz individuellen Veranlagung liegt, Androgene (männliche Hormone) zu produzieren. Diese sind verantwortlich für eine vermehrte Talgproduktion – das ist nicht so schön, weil Pickel nerven. Androgene sorgen vor allem aber auch für einen stabilen Knochenbau und straffes Bindegewebe – und das ist wiederum ein klarer Vorteil.

Pickel sind nichts anderes als mit Talg verstopfte Hautporen. Wenn der Talg nicht abfließen kann, bildet sich ein weißes Knötchen. Kommt Luft an den Talg, oxidiert er und wird schwarz, es entsteht ein Mitesser. Aber deine Haut ist schlau: Um die Pore wieder freizubekommen, holt sie sich Bakterien zu Hilfe, die das Gewebe drum herum weich machen. Es bildet sich Eiter und alles flutscht raus. Damit es nicht so weit kommt, solltest du die Poren deiner Haut weich und „offen" halten, indem du sie regelmäßig pflegst. Wenn du zu extrem vielen entzündeten Pickeln (Akne) neigst, lässt du dich am besten von einem Hautarzt beraten. Im normalen (!) Pubertätsfall reichen gründliche Pflege und Geduld.

Wichtig: Quetsche nie an deinen Pickeln und Mitessern herum! Und wenn (seien wir realistisch, jede tut es), dann sorge unbedingt für saubere Finger, weiche Poren (nach dem Duschen) und hinterher für Desinfektion mit einem antibakteriellen Gesichtswasser.

Viel Bewegung und frische Luft sind hilfreiche Maßnahmen gegen Pickel, weil sie deinen Stoffwechsel ankurbeln. Achte auf eine vorwiegend fett- und zuckerfreie Ernährung (keine TK-Pizza, Schokolade, Chips).

Frisches + gesundes Essen = frische + gesunde Haut

T!PP

Pflege dich und deine Haut!

Davon verschwinden zwar die Pickel nicht, die Haut sieht aber viel besser aus:

1. Reinige deine Haut morgens und abends mit speziellen, auf deinen Hauttyp abgestimmten Pflegeprodukten (Waschgel, Reinigungslotion, Creme).
2. Betupfe entzündete Pickel abends mit einer antiseptischen Creme.
3. Tagsüber kaschierst du fiese Pickel mit einem speziellen Abdeckstift.
4. Achte auf eine möglichst fettfreie und ausgewogene Ernährung.
5. Bewege dich regelmäßig an der frischen Luft!
6. Gönne dir ein- bis zweimal pro Woche eine Pflegemaske.

PFLEGEMASKEN ZUM SELBSTMACHEN

Gegen fettige Haut:

3 EL lauwarme Milch
1 EL Honig
5 EL Weizenvollkornmehl

Gegen unreine Haut:

1 TL Möhrensaft
2 EL Mehl
1 Eigelb

Für trockene Haut:

1 Banane
2 EL Honig
etwas Orangensaft

Für jeden Hauttyp:

2 EL Quark
1 TL Zitronensaft

Für alle Pflegemasken gilt:

Alle Zutaten zu einem weichen Brei verrühren, aufs gereinigte Gesicht auftragen, zehn Minuten einwirken lassen und danach gründlich mit lauwarmem Wasser abspülen.

Eine runde Sache

Ob klein, kugelig, apfelsinenförmig, birnenartig oder so groß wie Melonen – dein Busen, genauer gesagt deine Brust, wächst bis zum Alter von etwa zwanzig Jahren und auch dann kann sie sich immer wieder verändern, je nach Gewicht, Schwangerschaft und Sportlichkeit. Wenn du dich mit nacktem Oberkörper vor den Spiegel stellst, wirst du außerdem bemerken, dass deine Brüste nicht gleich aussehen. Glückwunsch, du bist echt! Denn die Natur kennt keine Symmetrie (vergleiche mal deinen linken mit deinem rechten Zeigefinger oder setze dir ein Bild aus zwei linken Gesichtshälften zusammen ...), wobei gemeinhin symmetrische Formen als schön empfunden und entsprechend angestrebt werden. Deine genetische Veranlagung entscheidet darüber, wie groß oder klein sich dein Busen entwickelt. Sei dir sicher, er passt ganz bestimmt zu dir!

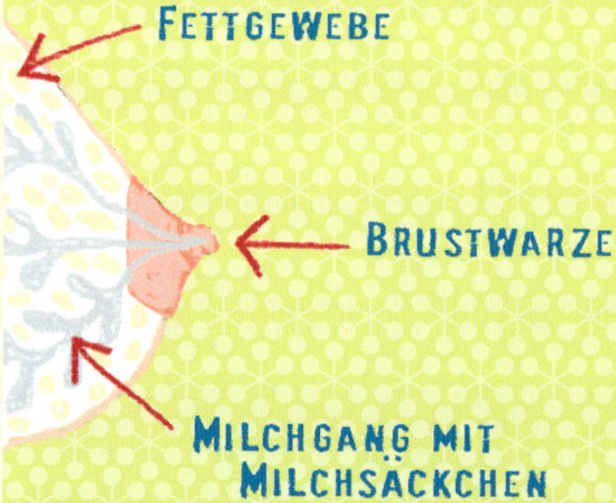

Die weibliche Brust besteht aus Milchdrüsen, Fettgewebe und Haut und „hängt" naturgemäß je nach Größe mehr oder weniger herunter. Trainierte Brustmuskeln sorgen für Stabilität, können aber das Gesetz der Schwerkraft nicht aufhalten.
Mit anderen Worten: Ob du einen BH tragen möchtest oder nicht, ist dir überlassen. Viele Mädchen und Frauen schätzen ihre körperliche Freiheit, andere mögen hübsche Dessous.

Probiere aus, was du lieber magst: Einen klassisch verpackten Busen, der sich unter deinem Shirt sanft abzeichnet, oder die Freiheit, ganz ohne BH zu sein. Oder einen mit Spitze gestützten Busen, der deine Weiblichkeit betont und der die Blicke anderer auf sich zieht. Natürlich macht es Spaß, deinen schönen Busen anzuschauen (und anzufassen!) – aber nur, wenn du das auch möchtest! Denn du bist auch dazu gemacht, über deinen Körper selbst zu bestimmen. Das ist Jungen und Männern leider nicht immer klar, wenn sie weibliche Brüste erblicken, selbst wenn wir längst nicht mehr in der Steinzeit leben. Sei dir dessen bewusst!

TRAGE BEIM SPORT IMMER EINEN BH,

um das Bindegewebe nicht unnötig zu provozieren.

Die Körbchengrößen A, B, C, D usw. bezeichnen die Größe der Brust. Die Maße 70, 75, 80, 85 usw. den Unterbrustumfang deines Oberkörpers. Alles klar?

T!PP

Erste Hilfe bei Busenproblemen

Was machen, wenn …

… deine Busenknubbel schmerzen?

Abwarten, zur Not mit Quark kühlen und als Zeichen dafür nehmen, dass sie bald wachsen, vielleicht auch erst mal einseitig, das ist normal.

… deine Freundinnen alle einen viel kleineren Busen haben als du?

Kann sein, dass du einfach schon reifer bist als alle. Die Tipps in diesem Buch helfen dir hoffentlich dabei, damit klarzukommen. Besorge dir ein enges Bustier, wenn es dich zu sehr belastet, aber ansonsten gibt es keinen Grund, einen hübschen Busen zu verbergen.

… du deinen Busen zu klein findest?

Die gute Nachricht: Ganz bestimmt wächst er noch! Die schlechte: Das kann dauern (bis zum 20. Lebensjahr).

… du die Einzige bist, die noch keinen Busen hat?

Jedes Mädchen hat ihr eigenes Entwicklungsprogramm, auch du! Relax!

… dir deine Mutter keinen BH erlaubt?

Erkläre ihr, warum du einen brauchst und was er für dich bedeutet. Zur Not kaufst du dir von deinem Taschengeld eben einen eigenen.

… ständig alle auf deinen Busen glotzen?

Lass dich nicht als Objekt betrachten, sondern sorge für einen selbstbewussten Auftritt.

Der Blick der anderen ist scheißegal

Es ist für dich als Mädchen heutzutage eine echte Herausforderung, dich rundum wohl in deiner Haut und in deinem Körper zu fühlen, oder? Denn überall hörst du Kommentare, die auf dein Äußeres abzielen, ständig bist du Bemerkungen ausgesetzt, ob in der Schule oder in der Umkleidekabine. Angekurbelt wird das von Mädchenzeitschriften, Werbung, Daily Soaps, GNTM und Klatsch-TV und du denkst: Geht's noch? Wer passt schon in Size Zero? Und so glatte, weiche Haut? Ich entspreche halt nicht dem aktuellen Schönheitsideal eines knabenhaften Körpers mit üppigen Busen, das mir überall in den Medien begegnet. Eigentlich nervt mich das alles, und trotzdem, da nagt etwas und macht, dass ich unzufrieden mit mir bin.

Und dann passiert's: Statt dich in deiner Lebenswirklichkeit als normale, hübsche Schülerin mit den üblichen liebenswerten Macken im Hier und Jetzt zu sehen, vergleichst du dich insgeheim mit Models und Popstars, die Tag und Nacht an ihrer Figur arbeiten und sehr viel schlanker sind als andere. Und so wie dir geht es vielen Mädchen und Frauen!

Ganz schön schön:
Schönheit liegt im Auge des Betrachters – stimmt! Sieh dich mit deinem Blick und nicht mit dem der anderen. Sei du die allererste Betrachterin deiner Schönheit. Wer, wenn nicht du selbst, soll dich schön finden? Sei deine eigene Schönheitsjury – finde und fühl dich schön!

Dieses „Ich-bin-nicht-gut-so-wie-ich-bin-Gefühl“ vererbt sich von Generation zu Generation weiter, ihr macht euch gegenseitig Stress damit. Oder ist deine Mutter mit sich und ihrer Figur zufrieden? War es deine Oma jemals? Kein Wunder, dass nahezu alle Mädchen und Frauen ihren eigenen Körper als mangelhaft empfinden und ständig an ihm herumstylen,-schminken,-diäten, wenn sie ihren Selbstwert von der Beurteilung und den Blicken anderer abhängig machen.

Sei achtsam für Äußerlichkeiten: Achte mal eine Woche lang darauf, wie du mit Äußerlichkeiten bei deinen Freundinnen umgehst, wen du auf die neuste Klamotte ansprichst oder wer dir wegen seiner fluffigen Haare auffällt.

Frauen und Mädchen wurden über Jahrhunderte hinweg von Männern bestimmt und bekamen von ihnen eingeredet, sie seien aufgrund ihres Körpers (keine Muskelmasse, keine Kraft) mangelhafte, unwichtige und abhängige Wesen. Um zu überleben, haben sich Frauen und Mädchen angepasst, untergeordnet und schön gemacht. Sie haben sich auf ihre vermeintlich weibliche Bestimmung (Kinderkriegen!) und Äußerlichkeiten reduzieren lassen. Dieser von Generation zu Generation weitervererbte Minderwertigkeitskomplex wird heute von dem Schönheitskult unserer medienbesessenen Gesellschaft ergänzt, dem du überall um dich herum begegnest und dem du dich kaum entziehen kannst. Obwohl Frauen und Mädchen es längst besser wissen (müssten), lassen sie sich von den Blicken anderer immer wieder unter Druck setzen.

Schön, schöner, am schönsten

Als du kleiner warst, hast du dich auf dich konzentriert, auf deine Bezugspersonen, wolltest vielleicht so sein wie deine Mutter oder Schwester. Oder wie Pipi Langstrumpf. Oder Zora. Oder Hermine. Inzwischen bist du längst ein Medienkind unserer Zeit geworden und deine Vorbilder stammen nicht mehr aus deinem unmittelbaren Umfeld oder aus dem Bilderbuch, in dem du ausreichend Möglichkeiten hattest, deine Fantasien und Träume zu entfalten. Stattdessen wirst du nun tagtäglich mit Werbung und Hochglanzbildern konfrontiert, in denen du auf stark idealisierte Typen triffst, die keinen Raum für Interpretationen zulassen und dir vormachen, dass du ebenfalls so auszusehen hast: makellose Haut, schmale Hüften, lange, blonde Haare, üppiger Busen. Doch das aktuelle Schönheitsideal ist zu schön, um wahr zu sein, das wissen wir spätestens seit Barbie.

Bleibe bei dir! Schau auf dich! Dann kann dir keiner was!

Wenn du dich ständig mit anderen vergleichst, findest du auch immer jemanden, der besser ist als du, egal, ob es um deine Judowurftechnik, dein musikalisches Talent oder eben dein Aussehen geht.

Blond ist ein Zeichen für Jugendlichkeit und Weiblichkeit (der Mensch hat als Baby hellere Haare und bei Mädchen dunkeln sie langsamer nach als bei Jungs) – deshalb färben sich viele Frauen hierzulande die Haare blond, um jung zu wirken. Ebenso versuchen sie, dünn und sportlich zu sein, denn ein trainierter Körper signalisiert ebenfalls Vitalität und Jugendlichkeit. Schade, dass heutzutage niemand mehr mit Falten und grauen Haaren in Würde altert!

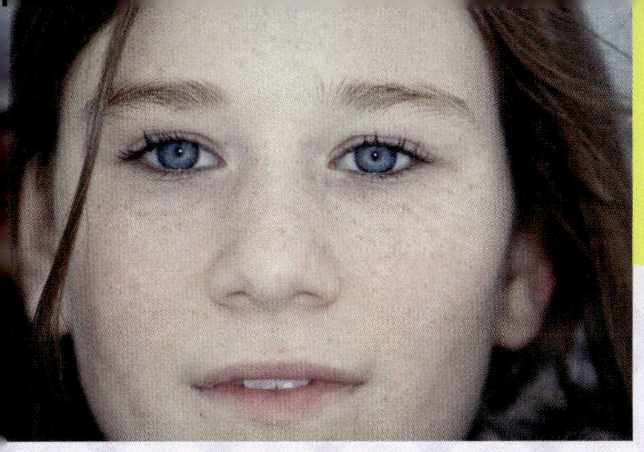

SEI SCHÖNHEITS-SUBJEKT,

und kein Schönheits-Objekt!

Schönheitsideale unterliegen dem Zeitgeist: Die Steinzeit mochte beleibte Frauen, wie man an der Venus von Willendorf studieren kann. Die Ägypter bevorzugten die schlanke Taille, das Mittelalter schmale und grazile Silhouetten, die Renaissance vollbusige „Weiber". Im 18. Jahrhundert begann der Schlankheitswahn, Zerbrechlichkeit und vornehme Blässe waren gefragt, während im 19. Jahrhundert Körperfülle als Zeichen für Wohlstand geschätzt wurde. Erst mit Beginn der Moderne wurde Schlankheit mit Leistung und Erfolg gleichgesetzt. Noch nie in der Geschichte der Menschheit verfügte eine Wohlstandsgesellschaft wie unsere über so viele erfolgreiche, dünne und gleichzeitig arme, dicke Menschen wie heute.

Wie übermäßig viel Geld oder Glück verliert auch Schönheit irgendwann ihren Reiz, das liegt in der Natur der Sache. Natürlich fühlen wir uns zu schönen Menschen hingezogen, alles andere wäre gelogen. Und doch muss hier ganz ehrlich festgestellt werden: *Die wenigsten Schönen sind echt!*

Erstens, weil viele Frauen und Mädchen ihr Äußeres manipulieren: Haare färben, sich schminken, Push-ups tragen …

Zweitens, weil alle Bilder in den Printmedien und auf der Leinwand computertechnisch optimiert, sprich schön gemacht sind (Photoshop lässt grüßen!).

Drittens, weil maßgeblich schöne Menschen (Models, Sportler) sich 24 Stunden am Tag um ihren Körper und ihre Schönheit kümmern.

Viertens, weil Promis ohne Schönheitschirurgen, Hautärzte und Stylisten simple Nobodys wären.

Fünftens, weil Models als bessere Kleiderbügel und Dekopuppen fungieren und selten eine eigene Meinung haben (dürfen).

Für wen musst du heute schön sein?

In früheren Zeiten bekamen nur schöne Frauen einen Mann – ihre Schönheit war ihre Lebensversicherung! Die Zeiten haben sich geändert, denn Frauen haben heutzutage das Recht und die Möglichkeit, selbst für ihre Rente zu sorgen! Überlege mal, was Schönheit für dich bedeutet.

Konsum in XXL

Die Bildsprache der Werbung und Hochglanzmagazine manipuliert dich mehr, als du es gerne zugeben wirst! Wenn du überall und immer tollen, schlanken, makellosen Mädchen begegnest, musst du dich zwangsläufig klein, dick, hässlich und minderwertig fühlen. Mehr noch: Mädchen geraten schnell untereinander in Konkurrenz darüber, wer von ihnen jetzt das Idealbild perfekt verkörpert; vergessen sind die inneren Werte, denn es zählen plötzlich nur schlanke Beine, voluminös getuschte Wimpern und weich fallende Haare.

Heute geht es aber längst nicht mehr darum, durch hübsches Aussehen einen Ehemann zu ergattern (weil du wirtschaftlich unabhängig sein kannst). Nein, es ist viel schlimmer: Die Konsumgesellschaft braucht dich als zahlendes Opfer für ihre Schönheitsprodukte, für 48-Stunden-Deos, schwarze Slipeinlagen, Lady-Shaver, Haarfärbemittel, Pflegespülungen (für die fatalen Färbefolgen), Handcreme, Fußcreme, Nagelcreme, bunte Nagellacke, Lippenstifte ...
Denk dir doch einfach mal die Frauen aus der Werbung weg!

Mode, Körperpflege und Make-up machen Spaß, na klar! Aber nur, wenn DU die Regeln bestimmst. Du bist keine EU-Gurke, die der Norm entsprechen muss! Du hast deine persönlichen Ecken und Kanten und Rundungen! Lebe sie. Gestalte sie. Aber so, wie du willst, und nicht fremdbestimmt von äußeren Zwängen. Lass dir weder von der Werbung noch von anderen vorschreiben, wie du auszusehen hast.

Deswegen kommt hier dein persönliches **SCHLUSS**-Schutzschild gegen den Druck von außen, damit du dich ohne falsche Vorurteile und fremde Blicke schön fühlen kannst.

Scheuklappen! Meide Hochglanzmagazine, entsprechende Shows und Blogs.

Clownmaske! Nicht für immer, aber hilft, um blöde Bemerkungen einfach wegzulächeln.

Handschuhe! Damit du dich traust, schwierige Themen anzufassen und unbequeme Wahrheiten auszusprechen.

Lotuseffekt! Lass negative Dinge einfach abperlen.

Umhang! Trage deine persönlichen Wohlfühlklamotten, dann kann dir keiner was.

Spielverderberin! Entlarve die Machenschaften hinter dem schönen Schein.

Superstar! Sorge für so viel Selbstbewusstsein und Selbstwertgefühl wie möglich. (Mehr dazu auf den Seiten 58 ff.)

Sexyness ist heutzutage alles, was zählt. Wenn Popstars wie Taylor Swift oder Beyoncé bewusst ihre Weiblichkeit mit kurzen Röcken, knappen Tops und verführerischen Bewegungen spielerisch inszenieren und damit provozieren, ist das eine Sache. Wenn Millionen junge Mädchen ebenso knapp bekleidet durch die Fußgängerzone stöckeln, beleben sie mit diesem Verhalten alte Rollenmuster, obwohl sie sich nichts dabei denken und einfach nur hübsch sein wollen. Noch schlimmer wird es, wenn „heiße Miezen" Rapper umgarnen oder sich für Autowerbung in Pose stellen oder als BILD-Girl halbnackt abgebildet werden. Damit reizen sie und wecken Begierden, damit dienen sie Männern – und der Konsumgesellschaft. Und damit nehmen sie wieder eine passive Rolle ein, aus der sich die meisten eigentlich befreit zu haben dachten. Mit selbstbestimmter Sexyness, Spaß an Mode und Vergnügen hat das leider nichts mehr zu tun.

Dein Körper gehört dir, deine Schönheit auch!

Du bist schön, wie du bist –

sagen immer alle, und eigentlich findest du dich auch ganz okay, wäre da nicht die Stimme in deinem Kopf, die ständig etwas zu meckern hätte. Erteile ihr Sprechverbot! Finde heraus, wie schön du wirklich bist! Nimm dir einen Nachmittag Zeit, sorge für Ruhe (keine Nervbrüder) und Zeit (kein Kino mit der besten Freundin) und stell dein Handy aus (keine Nachrichten in die Gruppe!). Und dann probiere der Reihe nach Folgendes aus:

Spiele Model, style dich so perfekt du kannst und probiere Posen vor dem Spiegel aus. Gucke wichtig/grimmig/verführerisch/gelangweilt ... Wie findest du dich?

Sei eine Schauspielerin. Welches Mädchen, welche Frau bewunderst du? Wie möchtest du sein? Imitiere ihre Körpersprache, ihren Stil, versetze dich in sie hinein wie eine richtige Schauspielerin. Wie fühlt sich das an für dich?

Mache ein Foto von dir und bearbeite es mit den verschiedenen Apps oder mit Photoshop. Wann gefällst du dir am besten? Und: Bist das dann wirklich noch du?!

Gehe shoppen und teste in der Umkleidekabine verschiedene Styles und Outfits. In welchen Klamotten fühlst dich wohl? Und in welchen verkleidet?

Male dich selbst. Und zwar in den schönsten und buntesten Farben. Betone alles, was du besonders an dir magst.

Spüre in dich hinein! Wenn viele äußere Zwänge deinen Tagesablauf diktieren, ist es unglaublich schwierig, ein gutes Körpergefühl zu entwickeln und bei sich zu bleiben.

Wie müde/ausgeschlafen bist du morgens, wenn der Wecker um 6.00 Uhr klingelt, weil du sonst den Schulbus verpasst?

Wie merkst du, ob du hungrig bist, wenn du zwischendurch ständig kleine Snacks zu dir nimmst?

Wie ist dein Durstgefühl nach einer Sportstunde, im Sommer oder bei Fieber?

Wie reagierst du, wenn dein Teller noch voll ist, du aber längst satt bist?

Schmeckst du den Unterschied zwischen Fertigessen/Mensaessen und einer selbst gekochten Gemüsesuppe?

Wie und wann nimmst du deine Müdigkeit oder dein Bedürfnis nach Ruhe wahr?

Woran merkst du, ob du stark bist, wenn man dir als Kind nie etwas zugetraut hat?

Wann spürst du dich in deiner eigenen Kraft, frei von fremder Unterstützung (Medikamente, hilfsbereite Eltern)?

Wie dick/dünn fühlst du dich wirklich, wenn du von klein auf mit der entsprechenden Bemerkung aufgewachsen bist?

Iss dich fit!

DU BIST, WAS DU ISST …

in diesem Spruch steckt eine tiefe Wahrheit und du kennst die Folgen aus eigener Erfahrung: Wie fit fühlst du dich nach einem Hamburger-Menü? Wie lange ist dein Durst nach zwei Bechern Limo gelöscht? Wie gut fühlst du dich nach einer Tüte Chips? Dazu brauchst du keinen umfassenden Selbstversuch; wenn du einigermaßen ehrlich zu dir selbst bist und auf deinen Körper achtest, weißt du es längst.

Wonach hungerst du wirklich? Auf dem Weg zu einer bewussten Ernährung ist es hilfreich, einmal vier Wochen lang Tagebuch darüber zu führen, wann und was du zu dir nimmst – und zwar gemeinsam mit deiner Familie! So gewinnst du Klarheit darüber, ob du wirklich immer Hunger hast, wenn du isst, ob du zu den Frustessern gehörst oder im Gegenteil mit Lust und Genuss ein Stück Schokolade lutschst. Es geht dabei nicht um die Kalorien, die du zu dir nimmst, sondern um die Fragen:

Wonach beziehungsweise worauf habe ich gerade Hunger?

Wann esse ich?

Welche Ernährungsgewohnheiten habe ich?

Was macht mich satt?

Wie ernähren sich und essen meine Eltern?

Wie fühlt sich das an, mal einen Keks ganz bewusst und sehr langsam zu essen?

So lebst du fit, fröhlich und gesund:

* Wähle magere Wurst- und Fleischwaren (Geflügel, Rind).
* Verzichte auf frittierte Lebensmittel (Pommes, Donuts, Chickenwings).
* Verzichte auf industriell hergestellte Nahrung (TK-Pizza, Margarine, Kekse). Sie enthalten Transfette, die nicht nur Pickel verursachen, sondern auch die Blutbahnen verhärten.
* Ein leckeres Brot braucht (fast) keinen Belag.
* Bereite deine Salatsoße mit Joghurt oder einem hochwertigen Öl zu, nicht mit Mayo.
* Nimm lieber Knabbergemüse und Studentenfutter statt Kekse für zwischendurch.
* Wähle Vollkorn statt Weißmehl, also lieber dunkles Brot und Vollkornspaghetti!
* Trinke ausreichend Wasser, Apfelschorle oder Kräutertee.
* Meide gesüßte Fruchtsaftgetränke.
* Bei Süßem greife lieber zu Gummibären, Reiswaffeln oder Apfelchips.
* Gammeltage und Schokoattacken sind okay, wenn du danach wieder normal isst oder einfach mal eine Mahlzeit ausfallen lässt.
* Wähle vollwertige, nahrhafte Speisen, die dein Körper komplett verwerten kann.
* Essen ist Genuss! Vernünftig essen heißt, zu wissen, was du isst: Im selbstgemachten Burger sind garantiert keine Zusatzstoffe.
* Wisse, woher dein Essen kommt: vom Bio-Bauern, Gemüsegärtner oder Fair Trade, und meide Fleisch aus Massentierhaltung und abgepacktes Obst.

GESUNDES ESSEN *ist lebensnotwendig, damit du dich in deinem Körper wohl fühlst und in Form bleibst! Dauerhungern macht dich ebenso krank wie ständiger Kalorienkonsum.*

Gönn dir was!

Wahre Schönheit kommt von innen, das weiß jede (dazu im nächsten Kapitel mehr). Aber ein bisschen nachhelfen von außen ist auch okay, oder? Deswegen findest du hier ein paar Beautyrezepte zum Ausprobieren. Aber Achtung, warne deine Familie rechtzeitig vor: Das Badezimmer ist in der folgenden Stunde tabu …

Bevor du startest, stelle sämtliche Utensilien und Zutaten zurecht und sorge für eine entspannte Atmosphäre! Lege deinen Bademantel und flauschige Handtücher bereit, zünde im Badezimmer eine Kerze an, vielleicht auch eine Duftlampe.

1. Beginne mit einem Körperpeeling! Dazu mischst du eine Tasse Zucker mit vier Esslöffeln Olivenöl und dem Saft einer Zitrone. Stell dich in die Dusche, trage die Masse mit kreisenden Bewegungen auf deine feuchte Haut auf und spüle sie mit viel warmem Wasser ab.
2. Wenn du magst, kannst du jetzt auch noch eine Gesichtsmaske machen. (Rezepte siehe Seite 28/29.)
3. Gönne dir ein Entspannungsbad! Zwei Liter Milch vorsichtig erwärmen und mit einer Tasse Honig mischen. Ins warme Badewasser gießen und nicht länger als zwanzig Minuten im Luxus baden. Danach mit deiner Lieblingsbodylotion eincremen.
4. Verwöhne deine Haare! Für eine Honigspülung vermischst du einen Esslöffel Honig mit einer Tasse warmem Wasser und gibst einen Spritzer Zitrone dazu. Ins feuchte Haar einmassieren, zehn Minuten einwirken lassen und ausspülen. (Siehe auch Spülungstipps von Seite 21.)
5. Mach deine Hände schön! Nach dem Baden ist die Nagelhaut schön weich, schiebe sie mit einem Hufstäbchen zurück, feile die Nägel rund und zupfe die überstehende Nagelhaut vorsichtig ab. Danach dick eincremen oder Honig auftragen und fünf Minuten lang einwirken lassen.
6. Zeig deine Füße! Mit dem Bimsstein entfernst du vorsichtig Hornhaut, dann kürzt du mit einer Nagelzange deine Nägel, die überstehenden Ecken feilst du rund. Creme die Füße gut ein!
7. Hinterher geht es für mindestens eine halbe Stunde zum Chillen aufs Bett! Entspann dich mit Musik, schönen Bildern oder lass einfach deine Gedanken wandern.

Top Girl

ENTDECKE DAS BESTE IN DIR!

Hello!

Meine Schokoladen-seiten

Ich liebe mich, so wie ich bin

Selbstwert

Selbstbe-wusstsein

Innere Stärke

Ziel-
orientiert

Powerful
heißt energie-
geladen

Glückliche
Glücks-
momente

Klarheit
für mich

ICH Alles eine Frage von Intelligenz, Chaos und Herz

Du bist einzigartig, du bist toll und klasse und wunderbar – du bist du! Damit du das schwarz auf weiß nachlesen und deinem Ich auf die Spur kommen kannst, vervollständige diese Mindmap (am besten auf einem Extrablatt oder mache dir ein paar Kopien, die du in diesem Fall gerne an deine Freundinnen verteilen darfst):

Intelligenz

Das weiß ich

....

....

....

....

Das kann ich

....

....

....

....

Meine Ziele

....

....

....

....

Das lerne ich gerade

....

....

....

....

Das verbinde ich mit Freundinnen

So denke ich über Jungs

Chaos

So stehe ich zu meinem Körper

Das machen die Medien mit mir

Herz

Das fühle ich

Das ist mein Glück

Daran glaube ich

Davor habe ich Angst

So bin ich hier und jetzt ...

Beantworte folgende Fragen frei und ehrlich!

Gib dir für die Aussagen Punkte wie auf einem Regler von 1 bis 10, 1 Punkt für weniger zutreffende Aussagen, 5 Punkte für mittelgut zutreffende Aussagen, 10 für sehr gut zutreffende Aussagen. Es geht überhaupt nicht darum, deine Antworten zu bewerten und dich damit in eine Schublade zu quetschen. Also nicht um eine insgesamt hohe Punktzahl, sondern um eine Einschätzung der jeweiligen Situation, die ganz individuell und auch mal widersprüchlich sein kann. Zum Beispiel kann es sein, dass du wahnsinnig beliebt bei allen bist, aber gleichzeitig unglaublich gerne deine Ruhe von allen hast.

1. Ich habe viele Freundinnen.
2. Ich fühle mich beliebt.
3. Ich bin gerne für mich alleine.
4. Ich weiß, wen ich anrufe, wenn ich Sorgen habe.
5. Meine Eltern stehen bedingungslos hinter mir.
6. Die Erwartungen meiner Eltern an mich sind genau richtig.
7. Meine Mutter versteht mich.
8. Meine Eltern unterstützen und fördern meine Interessen.
9. Ich habe einen starken und gesunden Körper.
10. Ich mache regelmäßig Sport und kenne meine körperlichen Grenzen.
11. Ich höre auf mein Bauchgefühl.
12. Ich höre auf meinen Verstand.
13. Ich habe meine Onlinezeiten im Griff.
14. Ich ziehe mich gerne zurück und genieße meine Ruhe.
15. Ich bin gerne draußen in der Natur und mag Tiere und Pflanzen.
16. Ich gönne mir eine Belohnung, wenn ich etwas erreicht habe.

17. Ich sage und zeige, was ich kann.
18. Ich kann gut über mich sprechen.
19. Ich kann gut mit Lob und Komplimenten umgehen.
20. Ich weiß, dass ich nicht an allem schuld bin.

21. Ich habe einen großen Ehrgeiz!
22. Ich freue mich über meine Freundinnen.
23. Ich mag Rollenspiele.
24. Ich finde mich gut und bin zufrieden mit mir.

25. Es fällt mir leicht, Fehler einzugestehen und daraus zu lernen.
26. Ich fühle mich für andere verantwortlich.
27. Ich versuche, bei einem Problem eine Lösung zu finden, keinen Schuldigen.
28. Ich kann mich entschuldigen.

29. Ich lasse mich nicht von anderen beeinflussen.
30. Ich vertrete klar meine Meinung.
31. Ich lasse mich nicht anschreien.
32. Ich vertraue meiner inneren Stimme.

33. Beim Streiten muss ich schnell weinen.
34. Ich muss immer recht haben.
35. Ich gebe immer nach.
36. Ich kann beim Streiten nicht sachlich bleiben.

37. Ich ticke schnell aus.
38. Ich muss immer gewinnen.
39. Ich fühle mich oft ungerecht behandelt.
40. Ich bin schnell enttäuscht.

41. Ich diskutiere gerne.
42. Ich kann Nein sagen.
43. Ich stelle mich Konflikten.
44. Ich habe eine feste Stimme.

... und das ist gut so!

Hier ein paar Gedanken zu deinen möglichen Antworten und deiner Selbsteinschätzung:

Die Antworten auf diese Fragen zeigen dir, wie gut du in einem sozialen Umfeld integriert bist. Egal, ob du lieber für dich alleine bist oder ständig Leute um dich brauchst, achte darauf, dass du dich mit Menschen umgibst, die es gut mit dir meinen, die dich unterstützen und beflügeln.

Die Antworten auf diese Fragen zeigen dir, wie dein Geborgenheitsgefühl bei deinen Eltern ist. Egal, wie oft ihr streitet, sei versichert: Sie lieben dich! Vertraue darauf! Leider sind sie oft mit deinem Verhalten nicht einverstanden (Aufräumen, Rauchen) oder kritisieren eine bestimmte Eigenschaft (Unpünktlichkeit, Faulheit) oder sind mit deiner Leistung (Schule) nicht zufrieden. Trotzdem stehen sie zu dir! Und wenn du ernsthaft daran zweifelst, sprich sie darauf an.

Die Antworten auf diese Fragen zeigen dir, wie gut du auf deinen Körper achtest. Denn nur, wenn du dich mit ihm und in ihm wohl fühlst, kannst du selbstbewusst und sicher auftreten, egal, wie dick oder dünn er ist! Sport trägt eine Menge dazu bei. Stell dich so oft wie möglich mit beiden Füßen fest auf den Boden, spüre deinen sicheren Stand.

Die Antworten auf diese Fragen zeigen dir, wie gut du genießen kannst. Du solltest dich immer für etwas belohnen und kleine Etappenziele feiern, mit einem Eis oder einem Kinobesuch oder einem Schulterklopfer extra.

Die Antworten auf diese Fragen zeigen dir, wie stark dein Selbstwertgefühl ist. Denn du musst wissen, was du wert bist, unabhängig von der Meinung der anderen. Lieblingsübungen dazu auf Seite 58.

Die Antworten auf diese Fragen zeigen dir, wie gut du über deine „Fehler" Bescheid weißt. Gehe ehrlich mit deinen Macken um, so sie überhaupt welche sind. Bei der Wahrheit zu bleiben ist nicht immer leicht, aber oft hilft die Flucht nach vorne. Also etwa: „Ich weiß, dass ich viel quatsche, aber dafür kann ich auch gut zuhören." Oder: „Ich bin nun mal keine Rechtschreibfee, aber ich übe jeden Tag."

Die Antworten auf diese Frage zeigen dir, wie dein Selbsteinschätzungsvermögen ist. Es ist gut, wenn du Träume und Vorbilder hast, noch besser, wenn du weißt, wie du sie erreichst. Spiele deine Ideen durch und überlege, was du daran magst: So cool sein wie deine Freundin? So überzeugend sein wie eine Schauspielerin? So erfolgreich sein wie die Börsenmaklerin von nebenan?

Die Antworten auf diese Fragen zeigen dir, wie gut du über deine eigenen Bedürfnisse sprechen kannst. Sage „Ich", sooft es geht! Du bist wichtig, deine Meinung, deine Gefühle und Ideen sind gefragt. Das ist weder egoistisch noch aufdringlich, sondern schlichtweg wichtig. Bitte nicht verwechseln mit Egoismus! Mehr über das, was du brauchst, liest du auf Seite 87.

Die Antworten auf diese Fragen zeigen dir, wie du dich im Streit verhältst. Meinungsverschiedenheiten gehören zum Leben, dank ihnen wächst du und findest deine Position im Leben. Schlucke deine Gefühle und Ansichten nicht runter, sondern formuliere mit Ich-Botschaften, was du denkst. Mehr Übungen dazu auf Seite 102.

Die Antworten auf diese Fragen zeigen dir, wie gut du Nein sagen kannst. Ja zu sagen macht natürlich mehr Spaß, aber ein deutliches Nein ist genauso wichtig. Übe Nein sagen gemeinsam mit deiner Freundin, spüre in dich hinein, in welchen Situationen du ein Nein fühlst und trotzdem anders handelst. Trau dich, Nein zu sagen, wenn du etwas nicht möchtest. Laut und deutlich. Es ist ein wichtiges Wort. Mehr darüber liest du auf Seite 100.

Die Antworten auf diese Fragen zeigen dir, wie du mit Frust umgehst. Verlieren mag natürlich niemand, aber es ist auch nicht schlimm, vorausgesetzt, du hast dich angestrengt und dein Bestes gegeben. Frustmomente auszuhalten trainiert man am besten im Spiel.

Fokus auf dich!

Ständig wird an dir herumgemeckert, immer gibt es eine Bemerkung, die dich runterzieht statt stärkt, und gleichzeitig meinen alle, dass du endlich einmal selbstbewusst auftreten und dir nichts gefallen lassen sollst. Also fühlst du dich hin- und hergerissen: einerseits ganz okay und gut so, wie du bist. Andererseits sind da ständig die Stimmen und Bilder von außen. Sie machen dir Druck und vermitteln dir, dass Mädchen nie zufrieden mit sich sein können. Das nagt an deinem Selbstbewusstsein und Selbstwertgefühl.

Als Mädchen bist du es gewohnt, dass du nach deinen Äußerlichkeiten bewertet wirst, da hat sich trotz Frauenemanzipation und Gleichberechtigung nichts geändert, wie du im letzten Kapitel gelesen hast. Der Körperkult unserer Gesellschaft betrifft zwar auch zunehmend Jungen und Männer, aber die alten Denkmuster werden von Kindesbeinen an – bewusst oder unbewusst – vor allem an Mädchen weitergetragen, und es ist unglaublich schwer, sich davon zu befreien. Bevor du also ein anerkennendes „Wow, die ist aber toll in Französisch und beherrscht den Korbwurf perfekt" hörst, bekommst du sicher eher folgende Worte gesagt: „Toll steht dir der Rock!" oder „Du hast die Haare schön!" oder „Bist du süß!"

DIE ANERKENNUNG VON MÄDCHEN *läuft immer noch über Äußerlichkeiten und nicht über ihre Leistung und ihre inneren Werte, auch wenn alle immer so tun, als wäre das Gegenteil der Fall.*

Wenn aber die Bewertung von Äußerlichkeiten reine Geschmackssache und abhängig von Mode und Zeitgeist ist, wie sollst du es da richtig machen? Und auch noch dein Selbstbewusstsein daraus ziehen? Stimmt, das ist unmöglich! Und bevor du dein Leben lang unzufrieden damit bist (und dich in die Reihe deiner Oma, Mutter, Tanten, Freundinnen einreihst), befrei dich!

Was bedeutet Selbstbewusstsein?

Statt einer Antwort lauter Möglichkeiten: Vielleicht sitzt du nicht gerne in der ersten Reihe, kannst aber wunderschön Querflöte spielen. Sei dir dessen bewusst!

Vielleicht sprichst du eher leise, bist aber klar und gefestigt in deiner Meinung. Sei dir dessen bewusst!

Vielleicht stehst du nicht in eurer Clique im Mittelpunkt, aber jede weiß, dass sie sich auf dich verlassen kann. Sei dir dessen bewusst!

Vielleicht hast du lauter blöde Pickel, steckst aber alle mit deinem Lachen an, weil du immer gut drauf bist. Sei dir dessen bewusst!

Vielleicht bist du nicht die Beste in Sport, aber die Beste in Bio. Sei dir dessen bewusst!

Selbstbewusstsein to go:

Lachen und Lächeln ist das Geheimrezept, weil Glückshormone ausgeschüttet werden und du andere damit ansteckst.

Trau dich und guck anderen direkt in die Augen. Auf diese Weise signalisierst du Stärke und Offenheit zugleich.

Sport stärkt – egal welcher. Tu etwas, werde aktiv, fordere deinen Körper heraus, kenne deine Körperkraft und sei stolz auf deine Leistung.

Kopf hoch – gehe aufrecht durch die Welt! Balanciere zu diesem Zweck ein Buch auf deinem Kopf.

Mache Komplimente, sie müssen natürlich ernst gemeint sein. Sag der Kassiererin, dass sie freundlich ist, oder deiner Mutter, wie offen sie wirkt.

Sage Danke zu all den Dingen, die du hast und die dir gut tun! Damit signalisierst du deine Wertschätzung – und bekommst sie selbst zurück.

Finde deine Schokoladenseiten

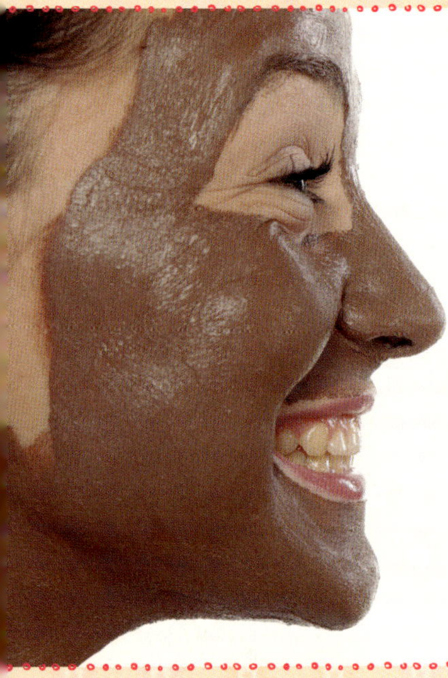

Nobody is perfect – und bestimmt könntest du eine (lange?!) Liste deiner Macken schreiben. Tu es. Jetzt. Auf einen Extrazettel. Was alles stört dich genau an dir? Liste es auf! (Zum Beispiel Äußerlichkeiten wie die Form deiner Fingernägel, dicke Knie, zu volle Lippen, widerspenstige Kringellocken, kindliche Stupsnase. Oder Innerlichkeiten wie deine chronische Unzufriedenheit, Langweiligkeit, Impulsivität ...)

Und dann blättere vor zu Seite 61 und lies nach, wie du aus deinen vermeintlichen Schwächen Stärke ziehen kannst.

HIER geht es jetzt um deine Schokoladenseiten

Um das, was du alles richtig gut kannst, tust und bist. Schreibe es auf, und zwar jetzt. Mach dir eine Liste mit all den Dingen, die dir einfallen. Diese Fragen helfen dir dabei:

Was kannst du gut? (singen, Basketball spielen, durchhalten, Menschen faszinieren, Geschichten schreiben usw.)

An welchen Orten fühlst du dich wohl? (im Wald, am Meer, in der Badewanne, im Club usw.)

Was alles macht dir gute Laune? (dein Lieblingshobby, Sonne/Regen, gemeinsame Aktionen, Musik hören usw.)

Was sind deine fünf besten Charaktereigenschaften? (witzig, zuverlässig, ehrlich, organisiert, kreativ usw.)

Visualisiere deine Schokoladenseiten!

Und zwar so: Schreibe alle deine guten Eigenschaften auf ein großes Blatt Papier und hänge es gut sichtbar an deinen Spiegel, Computerbildschirm oder über dein Bett.

Suche dir deine allerbesten fünf Eigenschaften heraus, notiere sie auf einen Zettel und trage ihn in deinem Portemonnaie bei dir.

Gestalte aus deiner Liste ein buntes Bild – mit Farben, Mosaik oder Glitter, rahme es ein und hänge es dir auf.

Male dich in Bunt und Groß!

Dein Name, dein Programm:

Schreibe aus den Anfangsbuchstaben deines Vornamens ein Gedicht!

Junges Mädchen mag es
Unter allen Umständen
Locker, lustig und lebensfroh,
Indem sie mit ihrer guten Laune
Alle anderen ansteckt.

Wie lautet dein persönlicher Werbeslogan?

Nimm dein Geschenk an die Welt (Seite 60), deine positiven Eigenschaften und formuliere einen aktiven Satz.

Fröhlich, froh und supergut,
Lena hat den größten Mut.

Was zählt, sind deine inneren Werte!

Was ist typisch für dich? Auch auf die Gefahr hin, an dieser Stelle Klischees und Vorurteile zu wiederholen, seien hier einige Verhaltensweisen aufgelistet, wie sie in unserer westeuropäischen Kultur eher typisch weiblichem beziehungsweise eher typisch männlichem Verhalten zugeordnet werden. Daran wäre an sich nichts Schlimmes, würden nicht gleichzeitig eine Abwertung des weiblichen Verhaltens einhergehen und alle Männer für die besseren Menschen halten.

Du sollst kein besserer Junge werden. Aber es schadet auch nichts, sich in manchen Dingen sogenannte typisch männliche Eigenschaften abzugucken (Komplimente annehmen! Stolz sein!). Finde heraus, welche Verhaltensweisen auf dich zutreffen, wie sich das für dich anfühlt und ob du etwas daran ändern möchtest. Die vielen Tipps in diesem Buch helfen dir dabei. Remember: Jedes Mädchen tickt anders!

Mein Wesen ist
- ❍ eher leise
- ❍ eher laut

Wenn ich mich unsicher fühle,
- ❍ blicke ich auf den Boden
- ❍ greife ich mir ins Haar

Wenn ich Probleme habe,
- ❍ rede ich mit meiner Freundin
- ❍ mache ich das mit mir aus

Andere sollen mich
- ❍ nett finden
- ❍ kompetent finden

Ich sage meistens
- ❍ „man könnte mal“
- ❍ „mach ich“

Wenn was schief läuft,
- ❍ bin ich schuld
- ❍ lag's an den anderen

Wenn mir jemand ein Kompliment macht,
- ❍ ist mir das unangenehm
- ❍ bin ich stolz

T!PP

Auf deine innere Stärke kommt es an!

Ehrlichkeit: Du bist offen und bleibst immer bei der Wahrheit, auch wenn es unangenehm für dich ist.

Einfühlungsvermögen: Du merkst, dass deine neue Mitschülerin unsicher ist und lockerst mit einem Gespräch und deinen Fragen die Situation auf.

Toleranz und Respekt: Du begegnest deinen Mitmenschen offen und tolerant und kannst sie lassen und akzeptieren, wie sie sind.

Selbstständigkeit: Du erledigst deine Aufgaben, Wege, Angelegenheiten ohne große Diskussionen und Nachfragen.

Verantwortungsgefühl: Du übernimmst das Blumengießen bei den verreisten Nachbarn und schließt zuverlässig ab.

Flexibilität: Du sollst ein Referat über Mädchen in Ägypten halten und du arbeitest dich rasch in den neuen Stoff ein.

Pünktlichkeit: Du hältst dich an Absprachen und bist wie vereinbart um 21 Uhr zu Hause, obwohl du noch gerne bei deiner Clique geblieben wärest.

Konfliktfähigkeit: Deine Freundin schnorrt sich auf deine Kosten durch und du hast keine Angst davor, sie darauf anzusprechen.

Konzentrationsvermögen: Trotz Dauerberieselung und WhatsApp-Terror schaffst du es, deine Hausaufgaben zu machen.

Auf die inneren Werte kommt es an, das erzählt dir jeder, und gleichzeitig scheint es für Mädchen einen ganzen Kriterienkatalog zu geben, wie sie zu sein haben (für Jungs auch, aber das ist ein anderes Kapitel).

Deine Währung, dein Selbstwert

Ausgelacht werden, weil du die „falschen" Klamotten trägst, Außenseiterin sein, weil du nicht wie alle anderen mit im Kino warst, dich mies fühlen, weil du ständig schlechte Noten schreibst und 1000 Pickel hast – das alles kratzt ganz schön an deinem Selbstwertgefühl. Die Bemerkungen treffen dich, gerade weil sich alles in und an dir verändert, du dich unsicher fühlst, deine Position erst finden musst. Woher sollst du da wissen, was du wert bist? Erschwert wird das Ganze, weil es um dich herum wenig Verlässliches gibt: Die Mode ändert sich ständig, Freundschaften wechseln, ganz zu schweigen von politischen und wirtschaftlichen Krisen, drohenden Umweltkatastrophen.

Suche bewusst Verlässlichkeit um dich herum (deine Eltern, Freunde aus Sandkastenzeiten, dein Hobby) – und lass Bemerkungen von anderen nicht an dich heran. Denn sie beziehen sich so gut wie nie auf deine Persönlichkeit. Es gibt sicherlich ganz wenige Fälle, in denen du als Person versagt und beispielsweise deine Eltern belogen oder etwas geklaut hast und sie dich in diesem Fall zu Recht kritisieren. Meistens geht es um eine Aktion, um dein Verhalten, die deine Mitmenschen nicht in Ordnung finden, eine Handlung, eine Äußerlichkeit. Nur neigst du (wie wir alle) dazu, diese Sätze persönlich zu nehmen. Lerne, sie umzuformulieren!

KRITIK & FEEDBACK

bringen dich immer weiter, vorausgesetzt, sie sind ernst gemeint und sachlich.

Der Selbstwert-Trick: Unterscheide Bemerkungen – beziehe sie auf deine Aktion, deine Verhaltensweise und niemals auf deine Persönlichkeit. Höre genau hin und lerne zu unterscheiden. Das ist unglaublich schwierig, weil es ja auch Selbstwertgefühl heißt und dich die Äußerungen auf der emotionalen, irrationalen Ebene treffen können. Aber es ist unglaublich hilfreich, wenn es gelingt.

Du hast (mal wieder) eine Vier in Englisch nach Hause gebracht.
Deine Eltern sagen: „Du bist eine schlechte Schülerin".
Du hörst: „Ich bin mies."
➜ Tatsächlich heißt es: „Du hast dich schlecht vorbereitet."

Du kommst wie immer zum Treffpunkt.
Deine Clique sagt: „Du hast aber fettige Haare."
Du hörst: „Ich bin hässlich."
➜ Tatsächlich heißt es: „Du solltest einfach mal wieder duschen."

Du trägst eine viel zu große Tasche.
Jemand im Bus sagt: „Die ist doch zu schwer für dich."
Du hörst: „Ich bin schwach."
➜ Tatsächlich heißt es: „Nimm lieber weniger mit."

Du futterst die Chipstüte leer.
Deine Freundin sagt: „Du isst aber viel."
Du hörst: „Ich bin dick."
➜ Tatsächlich heißt es: „Achte auf dich und deine Ernährung."

Du triffst mit dem Ball den Korb nicht.
Dein Trainer sagt: „Du musst das besser können."
Du hörst: „Ich bin schlecht."
➜ Tatsächlich heißt es: „Übe mehr."

Dein Geschenk an die Welt

Wie jeder Mensch trägst du etwas Unverwechselbares, Einzigartiges in dir, das du der Welt schenkst. Einfach so. Ohne nachzudenken und ohne Gegenleistung. Etwas, das du so gut kannst, dass du es wie von selbst tust, wenn du mit deinen Freundinnen unterwegs bist oder im Sportverein trainierst, wenn du mit deinen Eltern gemeinsame Zeit verbringst oder ehrenamtlich in eurer Gemeinde aktiv wirst.

Was ist deine persönliche Gabe, mit der du andere glücklich machst?

Dein Geschenk an die Welt ist etwas Besonderes – und wenn du darum weißt, macht es dich unglaublich stark und froh. Denke ruhig eine Weile darüber nach.

Welche Talente hast du noch? Schreibe sie auf! (Extrablatt)

Fähigkeiten = alles, was du mitbringst wie Verantwortungsgefühl, rasche Auffassungsgabe oder Bewegungsfreude. Oder: Was alles fällt dir leicht?

Kenntnisse = alles, was du im Laufe deines Lebens erwirbst wie Fremdsprachen oder Wissen. Oder: Wofür wirst du von deinen Lehrern gelobt?

Eigenschaften = alles, was dich ausmacht wie Spontanität, Kreativität, Konzentrationsvermögen oder Humor. Oder: Was mögen deine Freundinnen an dir?

Leidenschaften = alles, was dich über die Maßen interessiert wie dein Lieblingssport oder -essen oder -land. Oder: Wofür brennst du?

Können = alles, was du kannst wie knifflige Knobelaufgaben lösen, Lampen reparieren oder Kleider nähen. Oder: Wonach wirst du am häufigsten gefragt?

Erfahrungen = alles, was du erworben hast wie Verantwortung als Klassensprecherin oder Babysitterin. Oder: Was hast du alles schon gelernt?

Eigenschaften-Umwandlungsmaschine

Drehe die negativen Eigenschaften einfach mal herum und finde darin neue Talente. Jeder Mensch hat seine guten Seiten; zeige sie und lass dich nicht in eine Schublade stecken!

* Deine Freundin findet dich eigensinnig, aber vielleicht vertrittst du einfach nur ganz klar deine Meinung.
* Deine Lehrer finden dich chaotisch, dabei bist du sehr kreativ bei deinen Hausaufgaben.
* Deine Schwester findet dich langweilig, dabei bist du ruhig und zuverlässig.
* Deine Eltern halten dich für faul, dabei bist du wunderbar entspannt und hast dein eigenes Tempo, Dinge zu erledigen.
* Andere finden dich furchtbar ungeduldig, dabei bist du unglaublich intelligent und fix in der Birne.

Lieb dich selbst, sonst liebt dich keiner ...

Manchmal ist alles öde, du steckst voller Selbstzweifel und bist traurig und frustriert – solche Tage kennen wir alle, sie gehören zum Leben und gehen glücklicherweise schnell vorbei. Manchmal halten sie aber auch länger an, nagen innerlich an dir und machen dir schlechte Laune. Du weißt nicht, wie es weitergeht und denkst: Niemand liebt mich ... Quatsch! Natürlich lieben dich deine Eltern, Familie, Freunde. Und zum Glück hast du viele positive Momente, in denen du richtig gut drauf bist, und genau in solch einer Phase solltest du dich mit den negativen Gefühlen in dir auseinandersetzen. Damit du dir dann im akuten Fall zu helfen weißt und dich auf die Liebe zu dir selbst berufen kannst.

Daran merkst du, dass du nicht gut zu dir bist:

- Du sagst Ja, obwohl du Nein meinst und umgekehrt.
- Du suchst Fehler sofort bei dir und nie in der Situation um dich herum.
- Du fühlst dich schnell klein, dick, dumm und hässlich.
- Du gönnst dir selten eine Belohnung.
- Du kontrollierst und reflektierst ständig dein Verhalten, ob es auch ja gut genug ist.
- Du verlangst zu viel von dir, auch wenn es dir schlecht geht.

Daran merkst du, dass du dich selbst lieben kannst:

+ Du gehst aufmerksam mit dir und deinen Gefühlen um.
+ Du respektierst deine „Macken“ und verurteilst dich nicht dafür.
+ Du findest dich liebenswert mit allem drum und dran.
+ Du stehst zu dir und deinen Gefühlen.
+ Du achtest auf die Bedürfnisse deines Körpers (und deiner Seele).

Selbstliebe ist ein elementares Gefühl,

das nur aus dir kommen kann und das du dein Leben lang üben, bewahren und entwickeln musst. Sei dir selbst Mutter und Vater, – liebevoll und unterstützend. Verlasse dich voll und ganz auf dich! Das geht nur, wenn du zu dir bedingungslos laut JA sagst, in guten wie in schlechten Zeiten!!! Ganz ehrlich ist dies eine der schwierigsten Übungen in diesem Buch, die selbst erwachsenen Frauen nur schwer gelingt. Aber du sollst es ja mal besser haben.

Verliebe dich in dich!

Hört sich blöd an? Tue es einfach: Stelle dich vor einen Spiegel und betrachte dich mit einer rosaroten Brille, als ob du in dich verliebt wärest: Finde deine Haare toll, deine Augen, dein Lächeln, die Art und Weise, dich zu bewegen, deine Stimme, deine Figur, deine Stupsnase, deine Hose ... einfach alles!

Schaffe deinen persönlichen Friedensplatz!

Eine Matte auf dem Boden, ein Stuhl, eine Ecke in deinem Zimmer, Kerzen, Steine, Fotos – wann immer du dich aufgewühlt fühlst, bittest du an dieser Stelle um Frieden. Für dich, für andere, für alles, was du nicht ändern kannst und womit du haderst. Du wirst merken: Es verändert sich! Und es verändert dich.

Verbringe Zeit nur mit dir selbst!

Familie, Freunde, Schule, Hobby – vor lauter Terminen bleibt kaum Zeit für dich, genauer gesagt: Raum für dich. Sorge dafür, dass du dich auf deine Weise entfalten kannst, erledige deine Dinge, aber alleine, in deinem Tempo, ohne andere und ohne emotionalen Druck.

Glückskeks, Glückspilz, Glücksrakete

Preisfrage: Kannst du als pubertierendes Mädchen glücklich sein? Yes, you can! Mal vorausgesetzt, du hast alle ernsthaften Schwierigkeiten im Griff (siehe nächstes Kapitel), dann lass dich von Missstimmungen nicht runterziehen. Wenn dir danach ist, geh in dein Zimmer, schließ die Tür hinter dir und gönne deiner schlechten Laune jetzt zehn Minuten zum Austoben und Ausweinen ... und dann starte dein persönliches Glücksprogramm!

Schreibe dir 10 Glücksraketen auf, die DICH glücklich machen, und starte sie in schlechten Momenten!

Kunst macht glücklich. Nimm einen großen Karton (oder Bilderrahmen) und klebe oder male alles auf, was dich glücklich macht. Ein Foto von deinem Lieblingsort, schöne Farben und Muster, das Einwickelpapier deiner Lieblingsschokolade, eine Muschel, ein Spruch …. Dann hänge dein Werk gut sichtbar über dein Bett oder deinen Schreibtisch.

Schlaf dich glücklich. Erfahrungsgemäß kommen Teenies abends schwer ins Bett und morgens nicht raus, das hat etwas mit der hormonellen Umstellung, aber auch mit deinem persönlichen Schlafbedürfnis zu tun. Wenn du dich unglücklich und durcheinander fühlst, gehe einfach mal eine Woche lang pünktlich um 21 Uhr ins Bett. Ganz bestimmt fühlst du dich danach frischer und energiegeladener.

Sport macht glücklich. Egal, ob du schwimmst, joggst, reitest oder tanzt: Bei sportlicher Betätigung bekommt dein Gehirn mehr Sauerstoff und dein Körper produziert jede Menge Glückshormone. Keine Chance für schlechte Laune und Streithähne! Außerdem wird durch deine Aktivität dein gesamter Organismus angekurbelt und aufgefordert, neue Zellen zu bilden – wenn das mal keine Motivation ist, die glücklich macht!

Natur macht glücklich. Vielleicht gehörst du zu den Menschen, die Meeresrauschen, Vogelgezwitscher oder Blätterrascheln glücklich machen. Gehe bewusst spazieren, beobachte Schmetterlinge oder lege dich auf die Wiese und entdecke fantasievolle Wolkenbilder.

Jasagen macht glücklich. Es fühlt sich immer besser an, dafür zu sein, als dagegen, weil dadurch positive Energie freigesetzt wird, die dich handeln und dich gut fühlen lässt. Bitte keine Missverständnisse: Es gibt Situationen, in denen ein deutliches Nein wichtig ist.

Sinnvolles macht glücklich. Ziele haben, dein Engagement zeigen, dich für eine Sache einsetzen, deine Leidenschaft spüren – all das macht dich zufrieden. Egal, ob das dein Einsatz als Kotrainerin im Verein ist, deine Tätigkeit als Schulsprecherin oder du begeistert Häkelpuppen herstellst. Liebe, was du tust, und tue das, was du liebst.

Menschen machen glücklich. Die Spiegelneuronen in deinem Gehirn merken es sofort: Wenn dir eine glückliche Person gegenübersteht, lächelst du automatisch und fühlst dich gut. Sorge also für positive Stimmung und gutgelaunte Freunde und Freundinnen um dich herum. Meide Energieräuber, die dich runterziehen.

Lauter Weibsbilder

Auf der Suche nach dir und deiner Identität begegnest du vielen tollen Frauen, die dich inspirieren und denken lassen: So will ich auch sein! Einige sind Superstars und bekannte Persönlichkeiten, die du aus den Medien kennst, andere stammen aus deinem privaten Umfeld. Guck dir ihre besten Eigenschaften ab und finde heraus, welche zu dir passen!

Deine Mutter ist dein Vorbild in Sachen Weiblichkeit. Von ihr lernst du, Mädchen zu sein – sie ist deine Identifikationsfigur, ob du das gut findest oder nicht. Entscheidend ist, wie deine Mutter ihr Frausein lebt, wie glücklich und zufrieden sie in ihrem Leben ist, wie selbstverständlich sie arbeiten geht, ihr Geld verdient, frei und unabhängig ist. Und ob sie dich als Tochter liebt und anerkennt, obwohl du vielleicht anders tickst als sie, welche Wertschätzung du von ihr erfährst, welche Einstellung sie dir in Sachen Sexualität, Körperlichkeit und Jungs vermittelt.

Natürlich willst du nicht wie deine Mutter sein! Oder vielleicht sollst du so sein, wie deine Mutter dich haben will ... Beides ist doof, jeder Mensch ist anders. Aber es schadet überhaupt nichts, wenn du dir die besten Eigenschaften deiner Mutter abguckst und auf deine Weise umsetzt, oder? Und nicht so gute Eigenschaften umwandelst, zum Beispiel Überfürsorge in Vertrauen, Minderwertigkeitskomplexe in Selbstbewusstsein oder Arbeitswut in Entspannung.

DEINE MUTTER IST WICHTIG!

Sie stützt und liebt dich bedingungslos und das ist ein großartiges Geschenk.

Muttersein hat in Deutschland traditionell ein angekratztes Image, entweder gelten die Frauen als „Rabenmütter", die sich nicht kümmern, oder als „Glucken", die ihre Kinder bemuttern. Das liegt zum einem am Mutterkult der Nazis, die aus Frauen reine Gebärmaschinen machen wollten und zum anderen an Strömungen der Emanzipationsbewegung, die Frauen als „Opfer" ihrer Kinder bezeichnen. Ganz schön vertrackt und kompliziert also für Mütter heutzutage. Es ist überhaupt keine einfache Sache, Kinder großzuziehen, weil die Frauen dadurch gesellschaftlich und in ihrem Beruf (immer noch!) benachteiligt werden. Dank der Frauenbewegung ändert sich zum Glück einiges und immer mehr Paare teilen sich sowohl Erziehungs- als auch Erwerbsarbeit.

Frage nach den weiblichen Vorfahren in deiner Familie!
Wie waren sie?
Was haben sie geleistet?
All diese tollen Frauen stehen hinter dir und geben dir Halt.

Deine Mutter …

- … arbeitet viel und ihr seht euch selten?
  Legt gemeinsam einen Tag in der Woche fest, der nur euch beiden gehört, zum Quatschen, Pizzaessen, Ins-Kino-Gehen.
- … verlangt von dir, dass du Klavier spielst, dabei bist du total unmusikalisch?
  Zeige ihr, dass du andere Talente hast!
- … will ständig alles von dir wissen und engt dich ein?
  Mach ihr klar, dass du dabei bist, deine eigenen Wege zu gehen. Zeige ihr, dass sie sich auf dich verlassen kann.
- … meckert ständig an dir herum und du kannst es ihr nicht recht machen?
  Frage sie, was du tun sollst, damit sie zufrieden ist. Findet heraus, was genau sie eigentlich stört. Und was du damit zu tun hast.

Aktuell berühmte Frauen sind beispielsweise Emma Watson, Taylor Swift, Victoria Beckham und Heidi Klum oder Politikerinnen wie Angela Merkel. Die Superstars bewunderst du für ihre strahlende Schönheit und ihre coole Musik, ihren Mut – und ihren Erfolg, denn sowohl Heidi Klum als auch Victoria Beckham sind toughe Geschäftsfrauen. Schauspielerinnen wie Emma Watson zeichnen sich durch ihren starken Charakter und ihr Engagement für Gleichberechtigung aus. Persönlichkeiten wie Angela Merkel fallen dir wegen ihrer besonnenen Machtpolitik und ihres geschickten Verhandlungssinns auf.

Welche Frauen um dich herum inspirieren dich und sind dir ein Vorbild? Überlege, welche Eigenschaften du an deiner Mutter, Tante, Nachbarin, Freundin toll findest und schätzt: Willenskraft, Mut, Klugheit, Eigensinn, Modebewusstsein, Geschäftstüchtigkeit, Sexappeal, Stärke, Selbstvertrauen, Sportlichkeit, Intelligenz, Engagement, Fürsorge, Humor …

Dein erster Mann

Ganz entscheidend für dein Selbstbewusstsein und dein Selbstwertgefühl ist deine Beziehung zu deinem Vater. Er ist deine erste große Liebe! („So ein Quatsch“, denkst du jetzt, ist aber so …) Und sein Blick ist der erste männliche Blick auf dich. Und von ihm hängt eine ganze Menge ab, denn er prägt dich für dein Leben und für deine künftigen Beziehungen zu Männern.

Ene meine miste – welche Tochter biste?

❶ Du lernst, dass dein Vater nur dann stolz auf dich ist und er dir seine volle Aufmerksamkeit schenkt, wenn du eine tolle Leistung erbracht hast, ob im Sport oder in der Schule. Also heißt es für dich: Leistung = Anerkennung. Das hat den Vorteil, dass du erfolgreich durchs Leben kommst, aber den Nachteil, dass deine Gefühle darunter leiden, weil du sie verleugnest.

❷ Du lernst, dass du durch dein hübsches Aussehen und braves, angepasstes Verhalten die Aufmerksamkeit deines Vaters erhältst. Für dich heißt es: Weibliche Reize ausspielen = Anerkennung. Das hat den Vorteil, dass du mit deinem Charme alle um den Finger wickelst, aber den Nachteil, dass du den Mann in den Mittelpunkt stellst und deine eigenen Bedürfnisse vergisst.

❸ Du lernst, dass du durch dein rebellisches Verhalten die Aufmerksamkeit deines Vaters bekommst. Für dich heißt es: Widerworte = Anerkennung. Das hat den Vorteil, dass du um deine Position kämpfst und nie klein beigibst, aber den Nachteil, dass du ständig auf ein Machtspiel aus bist. Das kann für alle Beteiligten sehr anstrengend sein.

Die meisten Töchter sind wie du natürlich eine Mischung aus all dem. Und das ist genau richtig so! Sei dir nur einfach klar darüber, in welches Verhaltensmuster du in bestimmten Situationen fällst, dann hast du es leichter, deine Position zu behaupten, und machst dich unabhängig von der Reaktion deines Gegenübers. Ausschlaggebend ist vor allem die Zeit, die du mit deinem Vater verbringst. Ist ja klar, dass du dich umso mehr von ihm anerkannt und bestätigt fühlst, je öfter er dich zu deinen Wettkämpfen begleitet, dich beim Lernen unterstützt oder ganz einfach nur für dich da ist – zum Reden und Kuscheln.

Ist dein Vater für dich eher ...

- ... eine Respektsperson, der man sich ohne zu murren unterzuordnen hat, als Mädchen erst recht?
  Pass bei aller Liebe bitte auf, dass du dich von ihm nicht in die typische Frauenrolle drängen lässt. Du musst nicht automatisch einem Mann gehorchen, nur weil du ein Mädchen bist!
- ... ein sensibler Typ, den du leicht um den Finger wickeln kannst?
  Mag ja ganz praktisch sein, aber nicht alle Männer reagieren auf Tränen und Wimperngeklimper. Überzeuge lieber mit Argumenten und respektiere Grenzen.
- ... ein toller Freund, mit dem du gerne deine Zeit verbringst?
  Prima, er zeigt dir seine Wertschätzung und Anerkennung, was kann dir Besseres passieren! Die beste Voraussetzung für gute Beziehungen.

Liebe in dir

Eine Welt ohne Liebe ist undenkbar! Wir wissen nicht, ob Amseln oder Ahornbäume Liebe empfinden können (wohl eher nicht), aber für uns Menschen ist sie elementar. Liebe ist ein großes, starkes Gefühl, das uns wärmt und antreibt, ohne Liebe können wir nicht wachsen. Ohne Liebe zu deinen Eltern, Freunden, zu deinem Hobby wärest du leer und du würdest in einer gefühlskalten Gesellschaft ohne Gemeinsamkeiten und ohne gegenseitiges Verständnis leben. Lass die Liebe in dir dein Antriebsmotor für alles sein, sie macht dich leidenschaftlich, zufrieden und froh und deine Ziele noch leichter erreichbar.

Sei DEINE Traumprinzessin!

Von wegen romantische Liebe à la Hollywood: Traumprinz, Kniefall, Kuss und Schluss – davon träumen alle, Emanzipation hin oder her. Glaubt man den Kinofilmen, scheint die Suche nach Mister Right der einzige Lebenszweck von Mädchen zu sein, denn der Mann ist der einzige, der dich eines Tages glücklich machen kann.
Du weißt es besser: Glücklich bist du nur durch dich alleine!

KONFETTI-WIRBEL IM BAUCH, *Schmetterlinge flattern bei dem Gedanken an einen ganz bestimmten Jungen (oder an ein Mädchen) – hurra, du bist verliebt!*

Du kannst auf ganz unterschiedliche Weise lieben und geliebt werden:

Elternliebe ist ein großes Geschenk, das du getrost annehmen darfst (du gibst ja auch etwas zurück). Egal, was du tust und wie du bist, deine Eltern lieben und unterstützen dich bedingungslos, darauf darfst du vertrauen.

Geschwisterliebe ist eng verbunden mit Geschwisterstreit. In der Regel wissen Geschwister aber, was sie aneinander haben, bestenfalls verbündet ihr euch gegen eure Eltern und teilt viele Gemeinsamkeiten.

Freundschaftsliebe zwischen Freundinnen und Freunden ist ein enges, intensives Gefühl der gegenseitigen Verbundenheit, weil ihr viele Interessen und gute Gespräche teilt. Sie muss aber gepflegt werden.

Erotische Liebe zu einem anderen Mädchen ist etwas Besonderes, das du vielleicht im Laufe deines Lebens entdeckst und für dich erfüllend findest.

Erotische Liebe zu einem Jungen wirst du vielleicht eines Tages als beglückend empfinden und ausprobieren und für dich herausfinden, wer dein Lebenspartner ist.

Menschenliebe ist wichtig, um in einer friedlichen Gesellschaft zu leben. Wenn du anderen offen und freundlich begegnest, erfährst du gegenseitige Wertschätzung und Anerkennung. Dieses Gefühl trägt dich durch die Welt!

Daran merkst du, dass deine Eltern dich lieben:

„Räum dein Zimmer auf." =
„Wir möchten eine selbstständige Tochter, die eigenverantwortlich handeln lernt."

„Schreibe gute Noten." =
„Wir wünschen dir Erfolg."

„Rauche und trinke nicht." =
„Wir machen uns Sorgen um deine Gesundheit."

„Zieh keine bauchfreien Tops und kurze Miniröcke an." =
„Wir haben Angst, dass du die falschen Signale aussendest."

„Sei pünktlich zu Hause." =
„Wir wünschen uns Verlässlichkeit."

„Räum die Spülmaschine aus." =
„Wir sind hier eine Gemeinschaft und kein Hotel."

„Spar dein Taschengeld." =
„Lerne Verantwortung."

Aus Wut wird Mut und das tut gut!

Türen knallen, Fetzen fliegen lassen, mit dem Fuß aufstampfen, rumschreien – yeah, das klingt nach einem astreinen Wutanfall. Auch wenn das deine Mitmenschen erfahrungsgemäß anders sehen: Gut so, bevor du innerlich überkochst und explodierst, denn deine Gefühle müssen raus! Wut haben ist ein gesundes Zeichen, denn es ist eine instinktive Reaktion auf ein Verhalten, das dir nicht passt. Doch die meisten Mädchen trauen sich nicht, ihre Wut zu zeigen.

Mit ständigem Rumbrüllen machst du dir keine Freunde und riskierst zudem, dich lächerlich und unglaubwürdig zu machen. Nachvollziehbar, dir macht es ja auch keinen Spaß, selbst angeschrien zu werden, das fühlt sich nämlich obermies an. Besser also, du nimmst dir einen Augenblick Zeit und denkst über dich, deine Wutgefühle und Reaktionen nach, damit du beim nächsten Mal nicht wieder hoffnungslos austickst, wenn etwas nicht nach deinem Willen geschieht.

Wie leben dir deine Eltern vor, mit Enttäuschungen umzugehen? Bestenfalls ermutigen sie dich, Misserfolge auszuhalten, statt sie dir schönzuquatschen. Und wichtig ist es auch, zu unterscheiden, ob du „einfach so" schlechte Laune hast, weil gerade etwas nicht nach deinem Kopf geschieht, oder ob du grundsätzlich wütend und frustriert bist. Lass dir bloß nicht einreden, dass Mädchen nicht wütend sein dürfen! Wenn du Wut fühlst, hast du automatisch auch den Mut, deine Meinung durchzusetzen.

Wenn du also beim nächsten Mal wieder unglaublich wütend, sauer und enttäuscht bist, probiere die folgende Übung aus. Damit vermeidest du unnötiges aggressives Verhalten (körperliche Verletzungen, Zerstörung von Gegenständen) und richtest deine Wut nach außen, also weg von dir und von deinen Mitmenschen, die ja nichts dafür können (und am Ende richtig sauer auf dich sind, weil du sie in deinem Ärger aufs Übelste beschimpft und beleidigt hast).

* **Türenknallen darf sein (sorry, liebe Eltern) – aber bitte nur einmal.**
* **Aufstampfen – Tür hinter dir zu, in deinem Zimmer darfst du dich austoben.**
* **Wutbild – Papier und Stift in die Hand und loskritzeln.**
* **Wutschrei – raus in den Wald und den Ärger ablassen.**
* **Draufschlagen – suche dir ein Kissen, an dem du deine Wut auslässt.**

Danach: Unbedingt durchatmen, hinsetzen, runterkommen und nachdenken: Was genau lässt dich so wütend sein? Worüber ärgerst du dich? Wie (und mit wessen Unterstützung) kannst du eine Lösung finden? Und: Bitte hinterher entschuldigen, nach dem Motto: „Sorry, das musste mal raus, hatte nichts mit dir zu tun. Das nächste Mal habe ich mich besser im Griff."

NO-GO: *dein Gegenüber für deine Wut verantwortlich machen.*

Überlege dir, welche Aussage auf dich zutrifft:

* Wenn ich nicht bekomme, was ich will, ticke ich aus.
* Ich brauche sofort Anerkennung für das, was ich tue.
* Es muss immer nach meinem Kopf gehen, sonst werde ich sauer.
* Ich werde schnell ungeduldig, wenn es nicht vorangeht.
* Wenn ich weiß, ich schaff das eh nicht, fange ich gar nicht erst an.
* Ich gebe schnell auf und habe kein Durchhaltevermögen.

Treffen mehr als drei Aussagen zu? Du hast viele Forderungen an die Welt, kein Wunder, dass du immer in Kampfbereitschaft bist und ständig das Gefühl hast, zu verlieren. Beste Maßnahmen gegen Frustgefühle sind Selbstwertgefühl, Selbstbewusstsein und Selbstliebe steigern! (Siehe Seite 54).

Lieber rot vor Stolz als grün vor Neid

Gönnen können kann heute (fast) niemand mehr. Wenn du dich einmal umschaust, fällt dir das schnell auf: Jede schielt neidisch auf die bessere Note von Deniz, die dünnere Figur von Marie oder die tollen Wuschelhaare von Vesna. Keine ist zufrieden, selbst wenn sie gute Noten und ein Smartphone hat, dreimal im Jahr in Urlaub fährt und in einem tollen Haus lebt. Keine gönnt der anderen ihren Erfolg. (Die Erwachsenen sind da übrigens nicht besser!)

Nur im Vergleich mit anderen findest du heraus, was du kannst und wer du bist. Das spornt dich an, das Beste aus dir herauszuholen, hilft dir, deine Position zu finden. Andererseits ist es gar nicht so leicht, sich dabei nicht unterkriegen zu lassen! Weil du im Vergleich mit anderen immer schlechter abschneidest, weil immer irgendwo auf der Welt jemand ist, der schlauer denkt, hübscher aussieht, schneller läuft, schöner schreibt. Damit kannst du dich ganz schön runterziehen! (Und deswegen solltest du ein gutes Selbstbewusstsein haben!)

T!PP

Fokus auf dich!

Es gibt sicherlich eine ganze Menge Dinge, die du tun kannst, um dich zu verbessern. Wenn du immer schlecht in Mathe bist, lerne eben mehr, wenn du (wirklich) zu dick bist, achte auf eine gesündere Ernährung. Oder wenn deine Haare nix hergeben, lass dir vom Friseur einen tollen Schnitt verpassen. Es kann aber auch sein, dass du jetzt denkst: Warum all die Anstrengung, ich bin doch okay so, wie ich bin. Glückwunsch, genau darum geht's!

Eifersucht ist ein mieses Gefühl, das sich unmerklich einschleicht und sich unglaublich breitmachen kann. Schau mal genau hin, in welchen Situationen du eifersüchtig bist – und auf wen oder was. Wenn du herausfinden kannst, ob deine Eifersucht begründet ist oder nicht, hilft dir das ganz bestimmt weiter. Eine Situation, eine Leistung oder Eigenschaft kannst du immer ändern. Einen Menschen dagegen nicht, nur deine persönliche Einstellung zu ihm. Hört sich schwierig an, ist es auch! Vor allem, wenn du diesen Menschen lieb hast wie beispielsweise deine Freundin, die sich plötzlich nur noch mit anderen Mädchen trifft; oder deinen Vater, der in deinen Augen ständig deinen Bruder bevorzugt.

Deine Schwester steht immer im Mittelpunkt und du nicht. Du denkst: „Die spielt sich immer auf, die nervt." Aber mal ehrlich: Wäre es dein Ding, ständig überall im Mittelpunkt zu stehen? Denke an deine Eigenschaftenumwandlungsmaschine und deine Stärken, du bist auch jemand und in einer anderen Situation schauen alle auf dich!

Deine Freundin ist viel hübscher als du und neben ihr fühlst du dich wie Aschenputtel. Vielleicht ist es nicht deine Art, auf Äußerlichkeiten zu achten, vielleicht bist du unsicher im Umgang mit Styling und Make-up. Bitte deine Freundin, dir dabei zu helfen, mehr aus deinem Typ zu machen!

Eine andere spannt dir deine beste Freundin aus und du findest das oberfies – zu Recht. Gleichzeitig gehören zu solch einer Aktion immer zwei, also frage deine Ex-Beste, was da eigentlich los ist (mehr über Mädchenstreit auf Seite 118).

Deine Freundin schreibt nur gute Noten und dir fällt das Lernen schwer. Kann sein, dass du bei ihr abschreiben darfst, kann aber auch sein, dass sie dich mit ihrer ewigen Besserwisserei nervt. Bitte sie doch einfach um Nachhilfestunden!

Geht mit Mutter, Schwester, Freundin, Tante, Oma: Schreibt mal jede für sich auf, worauf sie bei der anderen heimlich neidisch und eifersüchtig ist! Und dann tauscht die Zettel.

NEID UND EIFERSUCHT ***entstehen immer aus einem mangelnden Selbstwertgefühl.***

Zielgenau auf die Zielgerade

Wenn du weißt, was du willst, fällt es dir leichter, die richtige Entscheidung zu treffen, um dein Ziel zu erreichen. Das hört sich prima an, oder? Nur meistens gibt es wenigstens zwei Haken an der Sache: Du weißt nicht, was du willst, und du hast dein Ziel nicht klar formuliert. Das liegt an diffusen Aussagen wie: „Es wäre besser, ich würde keine Süßigkeiten mehr essen.“ Oder: „Ich sollte meine Hausaufgaben nicht mehr so oft vergessen.“ Oder: „Ich bin so unsportlich.“

Werde konkret! Negativ formulierte Sätze funktionieren nicht, das merkst du an dem beliebten Beispiel: Denke jetzt nicht an einen rosa Elefanten. Was tust du? Genau, du siehst einen rosa Elefanten vor deinem inneren Auge. Wenn du also etwas erreichen möchtest, ist es wichtig, dein Ziel, deinen Satz so zu formulieren, dass dein Gehirn dazu JA denken, sagen und fühlen kann. Konkret bedeutet das für deine Zielsetzung, dass du sie klar definierst und positiv formulierst: „Ich werde drei Stücke Obst am Tag essen.“ Oder: „Ich werde mir ein Hausaufgabenheft zulegen und zuverlässig abhaken.“ Oder: „Ich gehe mit Anna zum Basketballtraining.“

Der Trick heißt: Umformulieren!
Statt ... sagst du:

Ich kann keine Prozentrechnung! Ich kann NOCH keine Prozentrechnung, aber ich werde sie heute Mittag mit Max lernen.

Ich kann keinen Fahrradschlauch flicken! Ich kann NOCH keinen Fahrradschlauch flicken, aber meine Mutter zeigt mir gleich wie es geht.

Ich weiß nicht, wo ich hin muss! Ich weiß NOCH nicht, wo ich hin muss, aber ich werde mich gleich über Google Maps informieren.

Formuliere dein Ziel, dass es KLAR ist.

Ist dein Ziel konkret, lesbar, ambitioniert, realistisch?

Konkret heißt, dass du es genau formulieren musst. Also „drei Stücke Obst“ am Tag statt „gesünder essen“.

Lesbar heißt, dass du ablesen und prüfen kannst: Habe ich erreicht / habe ich nicht erreicht.

Ambitioniert heißt, dass du ruhig auch etwas dafür tun darfst, dein Ziel zu erreichen.

Realistisch heißt, dass du es persönlich auch erreichen kannst und die Messlatte für dich weder zu hoch noch zu niedrig hängt.

Dir schwirren sicherlich auch viele Ideen durch den Kopf, was du alles tun könntest. Okay, nimm Papier und Stift und schreibe sie alle auf. Dann lies aufmerksam durch und entscheide spontan (!), welche drei Dinge du davon diese Woche anpacken möchtest, und prüfe, ob sie KLAR formuliert sind. Und in der nächsten Woche gehst du dann die nächsten drei Punkte auf deiner Liste an. Funktioniert, versprochen!

Feiere dich und deine Erfolge: Gönne dir unbedingt eine Belohnung, wenn du dein Ziel erreicht hast, und markiere es rot in deinem Kalender! Stecke dir deine Ziele in kleinen Abständen (manche müssen auch längerfristig sein wie Abschlusszeugnis oder ein Prüfungstermin). Ob die Zwei in der Englischarbeit, die bestandene Gürtelprüfung im Judo, das Jahresabschlusszeugnis, die Versöhnung mit deiner Freundin – feiere es, egal ob mit Eis, langem Ausschlafen, einer Party oder einem neuen Shirt.

Leidenschaft, Energie, Power

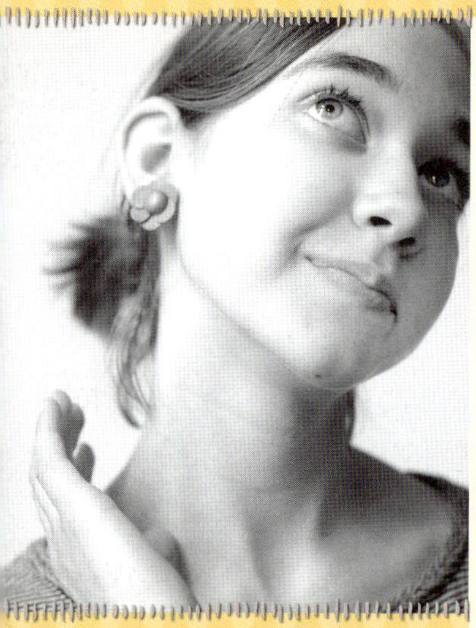

Aus eigener Erfahrung weißt du, dass dir Dinge, die du mit Spaß und Freude erledigst, wie von selbst von der Hand gehen: Im Stall könntest du für deine Pferde stundenlang Sättel auf Hochglanz polieren, während du zu Hause den Staubsauger einfach ignorierst. Im Training ziehst du ausdauernd deine Bahnen und verbesserst deine Kraultechnik mit dem Schwimmbrett, während du schon nach einer Seite Vokabellernen schlappmachst. Beim Nähen und Gestalten mit Stoff vergisst du die Zeit, während du beim Tantenkaffee ständig auf die Uhr schaust.

Aus eigener Erfahrung weißt du auch, dass du dich selbst mit Dauernörgeleien, Selbstmitleid und entsprechenden Bemerkungen so lange runterziehen kannst, bis gar nichts mehr geht, die schlechte Laune perfekt und der Tag im Eimer ist. Wenn du ständig alles miesmachst, kann nichts Gutes dabei herauskommen. Kann ja sein, manchmal ist eben alles doof. Dann haben sämtliche Motivationssprüche wie *Lächele und deine Welt verändert sich!* keinen Sinn und es ist besser, du chillst im Bett. Aber manchmal ist es auch gut, in Aktion zu treten.

T!PP

Energiegähnen ist eine wunderbare Übung, um in Schwung zu kommen.

Glaubst du nicht? Probiere es aus! Beim intensiven (!) Gähnen einfach die Kiefergelenke reiben.

Sorge für Motivationskicks und gib dir einen Ruck!

Alles, was dich motiviert, hilft: Erfolg, Geld, Anerkennung, Spaß, die Zusammenarbeit mit anderen, Wohlfühlatmosphäre. Finde heraus, was du brauchst, und sorge dafür: Stell die Musik beim Zimmerputz laut, lerne Vokabeln gemeinsam mit deiner Freundin, lass dir von deiner Tante Witze erzählen.

Gönne dir eine Belohnung! Nach dem Motto: „Wenn alles aufgeräumt ist, gönne ich mir einen Himbeersmoothie."

Setz dir eine Deadline! Ein künstlicher Zeitdruck hilft, unangenehme Dinge rascher zu erledigen (Tantenbesuch zeitlich eingrenzen) beziehungsweise diese Dinge nicht auf die lange Bank zu schieben.

Schreib es dir auf! Was gibt dir Kraft und Energie, wann fühlst du dich beflügelt und welche Dinge flutschen wie von selbst?

HOBBYS SIND PRIMA MOTIVATIONS-SPRITZEN –
weil du mit Liebe und Leidenschaft das tust, was du am liebsten magst!

Die größte Belohnung schenkst du dir jedoch selbst! Alles, was du aus deiner eigenen Kraft heraus schaffst, macht dich doppelt so stark und selbstbewusst. Dein Gehirn belohnt solche Erlebnisse mit Glücksgefühlen – wenn du brenzlige Situationen überwunden hast, eine komplizierte Aufgabe gelöst, dich selbst übertroffen hast – und schickt entsprechende „Belohnungsstoffe" durch deinen Körper. Du bist stolz wie Bolle! Noch besser: Das Gehirn merkt sich das und kann dieses Gefühl immer wieder abrufen. (10 Euro für eine Eins im Zeugnis sind natürlich super, können aber deine persönlichen Erfolgserlebnisse nicht ersetzen!)

Entscheidungs-schwierigkeiten

Du bist du, aber du bist nicht immer mit dir ein Herz und eine Seele. Oft gerätst du in Situationen, in denen du unentschlossen bist, nicht weißt, wie du dich entscheiden sollst, und deswegen in Konflikte gerätst. Zum Beispiel, wenn deine Freundin dich zum wiederholten Male fragt, ob sie bei dir abschreiben darf und du einerseits denkst: „Warum nicht?" Und andererseits: „Die mogelt sich auf meine Kosten durch!" Oder wenn dein Bruder heimlich raucht und du denkst: „Sein Bier!" Aber auch: „Das ist total gesundheitsschädlich!" Oder wenn du ein Referat halten sollst und denkst: „Das schaffe ich nicht, vor so vielen zu sprechen." Und gleichzeitig: „Ich weiß das alles viel besser als Paul."

Wir tragen verschiedene Stimmen in uns, die sich je nach Anforderung mal lauter oder mal leiser zu Wort melden. Das Zusammenspiel unterschiedlicher Meinungen in uns, die eine stärker, die andere schwächer, manchmal gegensätzlich sind dein „inneres Team". Wenn du Entscheidungsschwierigkeiten hast, liegt das also daran, dass ganz viele unterschiedliche Stimmen in dir mitreden und gehört werden wollen. (Das hat übrigens nichts mit einer Persönlichkeitsstörung oder gar Schizophrenie zu tun.) Gut ist es, die Stimmen deiner Teammitglieder zu kennen, damit sie dir nicht auf der Nase herumtanzen und DU über sie bestimmen kannst. Es lohnt sich also, genauer hinzuschauen, wer da alles mitmischt und seinen Senf dazugibt, wenn du eine Entscheidung treffen sollst.

Manche Entscheidungen trifft dein Bauch schneller als dein Kopf, dann spricht man von Bauchgefühl. Das merkst du daran, wenn du dich unwohl fühlst. Oder umgekehrt leicht und frei. Vertraue deinem Instinkt, spüre in dich hinein. Es ist hilfreich, sich die gute, alte Plus-Minus-Liste zu machen, die Argumente abzuwägen und den Verstand zu befragen. Aber oft ist es besser, sich von seinen Gefühlen leiten zu lassen.

Stell dir folgende Situation vor: Du bekommst mit, dass deine Freundin schlechte Noten und deswegen Stress mit ihren Eltern hat, und jetzt fragt sie dich, ob sie die Mathehausaufgaben bei dir abschreiben darf. Wie ist deine erste Reaktion? Was denkst du? (Bitte kurz nachdenken und aufschreiben, bevor du weiterliest!)

Wahrscheinlich tönen folgende Stimmen durcheinander:		**Jetzt versuche, diese Stimmen jeweils zu personifizieren:**
Klar, ich helfe dir gerne!	→	Die Hilfsbereite
Die hat's echt schwer.	→	Die Mitfühlende
Die soll mal selbst was tun!	→	Die Auf-sich-Bedachte
Mit der Masche kommt sie auf Dauer nicht durch.	→	Die Checkerin
Die sollte sich mal mehr für Schule statt für Make-up interessieren.	→	Die Ätz-Tussi

Alle diese Stimmen gehören also zu deinem inneren Team. Wahrscheinlich kennst du sie schon ganz gut (und kennst noch mehr, wie zum Beispiel die Rächerin oder das liebe Mädel oder die Jasagerin) und weißt auch, welche von ihnen lauter und welche leiser ist. Lass als Chefin deines Teams besser erst den klugen Kopf auftreten: „Moment, ich überlege …“ Damit gewinnst du Zeit, deine „Teammitglieder“ zu befragen und abzuwägen, welche Antwort denn nun die für dich passende ist:
„Du kannst die Aufgaben gerne haben, aber mach sie beim nächsten Mal bitte selbst.“
Oder: „Nein, ich habe den Eindruck, dass du dich auf meine Kosten durchmogelst, das möchte ich nicht.“

WENN DU EINE ENTSCHEIDUNG GETROFFEN HAST, ***stehe dazu und stelle sie hinterher nicht mehr in Frage!***

Völlig neben dran voll in der Spur

Es gibt Tage, da möchte dir nichts gelingen, da ist alles doof. Du kannst dich auf nichts konzentrieren, bist total unruhig und weißt nicht, wie du alle deine Hausaufgaben erledigen sollst. Ständig schweifen deine Gedanken ab und nichts will klappen. Das kommt vor, es kann aber schwierig werden, wenn du tatsächlich an diesem Tag eine wichtige Prüfung (Sportabzeichen, Mathe, Auftritt) absolvieren musst. Bevor du dich hineinsteigerst und hibbelig wirst, stopp! Hinsetzen, durchatmen und die unten stehenden Tipps befolgen. Am besten „übst" du das in guten Zeiten, dann kannst du dein Notfallpaket jederzeit öffnen.

T!PP

Das hilft im Notfall immer:

Nimm dir eine kleine Auszeit!
Erinnere dich an deine Schokoladenseiten!
Befrage dein inneres Team!
Denke an deine Glücksraketen!
Trinke einen Schluck Wasser!

Abc rückwärts aufsagen

Knifflig, aber die allerbeste Konzentrationsübung. Es können auch kurze Wörter oder Sätze sein.

Wasserspritzpistolen-Zielschießen

Im Badezimmer, auf dem Balkon oder im Garten: Suche dir einen Punkt an der Wand oder am Baum und ziele sicher mit der Wasserspritzpistole. Fördert die Konzentration!

T!PP

Das hilft im Notfall immer:

Gummibärchen-Schnappen
Tüte auf, Mund auf und zuerst das grüne Bärchen in die Luft werfen und mit dem Mund auffangen. Geschafft? Dann das rote. Und das gelbe. Mindestens 10 musst du schnappen.

Atem-Meditation
Erfordert etwas Übung, ist aber unglaublich entspannend und damit konzentrationsfördernd: Stell dich locker und gerade hin, lass die Schultern hängen und öffne deine Arme und halte sie ausgestreckt vor deinen Oberkörper. Atme dreimal tief langsam durch die Nase ein und schicke beim Ausatmen deinen angestauten Ärger oder Schmerz, deine Wut oder Angst hinaus. Sage dreimal laut: „Alles ist gut!" Dann atme normal weiter. Jetzt führst du jedoch beim Einatmen deine Hände weit auseinander, beim Ausatmen langsam wieder zusammen. Spüre, wie die Energie zwischen deinen Händen zusammengepresst wird. Nimm sie zu dir, es ist deine!

Anfangsbuchstaben vertauschen
Formuliere neue Sätze für gute Laune und Konzentration: „Ich kacke meinen Poffer." Oder „Wo ist meine Hodebase?" Oder: „Kichterlette an der Beihnachtswude." Erfinde mindestens 10 Stück.

Rollenspiel
Funktioniert gut vor Prüfungen oder Wettkämpfen: Spiele die Prüfung oder den Wettkampf in Gedanken durch. Überlege, wie du deinen Stift hältst und die Aufgabe Schritt für Schritt löst und dir die passende Lösung einfällt. Spüre, wie dein Körper wie von selbst die richtigen Aktionen auslöst, nach dem Ball greift, die Gegnerin zu Boden wirft, die richtigen Kommandos gibt.

Sekundenzeiger beobachten
Schaue auf die Uhr und verfolge den Zeiger, Sekunde für Sekunde. Wenn deine Gedanken abschweifen, gehe immer wieder zurück. 60 Sekunden lang. 120 Sekunden lang. Je länger, desto besser.

Simultanzeichnen
Nimm jeweils links und rechts einen Stift in die Hand und zeichne auf jeweils zwei Zettel die gleichen Figuren. Dein Körper ist in der Mitte, deine Augen sehen gleichzeitig, was links und rechts von dir geschieht.

Weil du ein Mädchen bist!

Nein sagen

Streit mit Eltern

Mädchenkrieg

Schulstress ohne Leistungsdruck

geldsorgenlos

1234567890

IDEA!

Deine Zeit

Frieden!!!

Anerkennung für dich

hello!

selbstbestimmt

Freiheit

Deine Rechte

Problemrecycling

Du kennst deine Schokoladenseiten, bist zielstrebig unterwegs und weißt (meistens), was du willst. Und trotzdem gibt es immer mal wieder Probleme und Steine auf deinem Weg. Da hilft nur Anpacken!

Wichtig ist, dass du dir über deine Schwierigkeiten im Klaren bist. Nur wenn du ein Problem hast, es als solches erkennst und annimmst, kannst du es auch aktiv lösen. Oft reicht ein kleiner Ruck, um dich zu motivieren oder um den ersten Schritt nach einem Streit zu tun. Manchmal musst du einfach irgendwo anfangen, Dinge ausprobieren oder nachfragen, wie etwas geht. Manchmal bedarf es tieferer Einsichten und ausführlicher Gespräche, um eine Lösung zu finden und zufrieden damit zu sein. Das geht leider nicht von heute auf morgen, egal, ob es das schlechte Verhältnis zu deinem Vater, der mangelnde Englisch-Wortschatz oder deine persönliche Trägheit ist.

ES GEHT UM DICH, *um dein individuelles Empfinden und Sein, und nicht darum, was andere davon halten.*

T!PP

Falls du merkst, du kommst alleine nicht weiter,

wende dich bitte unbedingt an eine Vertrauensperson und suche dir professionelle Hilfe. Es ist kein Makel, in schwierigen Lebenssituationen um Unterstützung zu bitten.

Schreibe auf, was dich gerade beschäftigt, was dir Schwierigkeiten bereitet, womit du Probleme hast, wer dich nervt. Bewerte nicht, sondern schreibe es dir einfach von der Seele. Das geht am besten mit Zetteln, die du anschließend nach folgenden Kriterien auf drei Stapel sortierst:

Wirklich schlimm ⋆ Will ich lösen ⋆ Weg damit

Den letzten Stapel darfst du getrost vergessen, den ersten schaust du dir an und überlegst, was genau an dem Problem so schlimm für dich ist. Entscheide dann, es auf den zweiten Stapel zu legen, und gehe die Lösung an – die Tipps in diesem Buch helfen dir dabei.

Was brauche ich?

Eine wunderbare Frage, die nur wenige Menschen spontan beantworten können, weil sie sich Gedanken machen. Werde dir bewusst, was du brauchst, um dich zufrieden, glücklich und gut zu fühlen. Trau dich, schreibe alles auf, was dir einfällt!

* ausreichend Schlaf, um mich ausgeruht und kraftvoll zu fühlen.
* Bewegung, sonst werde ich zu zappelig.
* das Gefühl, dass das, was ich tue, auch in Ordnung ist.
* jemanden, der mich in den Arm nimmt.
* Musik, Natur, Sport, weil es mich einfach froh macht.
* Wärme (Kühle) für mein Wohlbefinden.
* meine Ruhe (um alleine meine Dinge erledigen zu können).

Das kriegst du alles auf die Reihe!

Wenn du das Gefühl hast, du bekommst deinen (Schul-)Alltag nicht auf die Reihe und deine Freunde und Hobbys kommen zu kurz, schau einmal genau hin, wie dein Tag üblicherweise aussieht und womit du deine Zeit verbringst: Hast du zu viele Aktionen auf dem Plan? Bist du eine Chaosqueen, die alles durcheinanderschmeißt? Oder trödelst du schlichtweg nur herum?

Fakten auf den Tisch!

Gestalte dir einen übersichtlichen Wochenstundenplan, in dem du dir alle regelmäßigen Termine einträgst, und zwar vom Aufstehen bis zum Schlafengehen. Mach dir einfach mal ein paar Wochen lang klar, was du wann tust, dann merkst du schnell selbst, wo deine Zeit hinfließt, und kannst sie dir besser einteilen. Markiere so:

ORANGE = HOBBY (Musikstunde, Sport)

BLAU = PFLICHTEN (Schule, Nachhilfeunterricht, Hausaufgaben)

LILA = PFLICHTSPASS (Familienzeit, Familienfeier)

ROT = SPASS (Freunde treffen, Kino)

GRÜN = CHILLEN (freie Zeit)

GELB = FREUDEN-PFLICHT (Turniere, Wettkämpfe, Aufführungen)

SCHWARZ = HAUSHALT (Spülmaschine ausräumen, Müll runterbringen)

Was fällt dir auf?

Mir fällt auf

* Die Gitarrenstunde (Ballett, Geige, Fußball ...) ist mir zu viel und bringt mir auch keine Freude mehr.
* Ich sitze viel länger als zwei Stunden täglich an meinen Hausaufgaben und komme mit dem Stoff kaum hinterher, obwohl ich mich intensiv bemühe.
* Ich will zu viel und alles gleichzeitig und bin dabei unorganisiert.
* Mein Hobby bedeutet mir alles, da bin ich richtig gut und erfolgreich und die Schule nervt nur.

Lösung

* Überlege gemeinsam mit deinen Eltern, ob es nicht besser ist, probeweise eine Pause einzulegen, damit du dich und deinen Schulalltag besser organisieren kannst.
* Prüfe, wer oder was genau dir Stress macht. (Und lies auf Seite 92 über Leistungsdruck.)
* Dann lebe dein beflügelndes Chaos, aber reserviere dir ganz klar Zeiten, in denen du konzentriert und strukturiert deine Hausaufgaben erledigst.
* Das ist toll, aber durch die Schule musst du nun mal durch, da hilft leider nicht viel, außer um Verständnis zu bitten und deinen Pflichten nachzukommen.

Wichtig ist, dass du herausfindest, wie du für dich am besten arbeitest, und dir deinen Tag einteilst. Die einen erledigen ihre Hausaufgaben am liebsten sofort und alle auf einmal, andere erst, wenn's sein muss oder am Wochenende. Viele hängen mittags im „Suppenkoma" und kriegen gar nichts in die Birne, lernen aber dafür am frühen Abend fix und leicht. Ausprobieren! Das Ergebnis zählt, Hauptsache, du bleibst am Ball und dir geht es gut damit.

Mehr Zeit für deine Freundinnen – lade sie ein und erledigt gemeinsam eure Hausaufgaben, fragt euch gegenseitig Vokabeln ab, erklärt euch Formeln und Zusammenhänge. Und dann belohnt euch mit einem Eis oder DVD-Abend oder einer Übernachtungsparty!

FREUNDINNEN, *mit denen du dein Hobby teilst, sind natürlich das Allerbeste! (Glücksrakete malen nicht vergessen!)*

Zeit wie Heu

T!PP

Handy aus beim Hausaufgabenmachen!

Mails und Nachrichten checken kannst du später.

Die meisten Menschen wünschen sich eine Zeitmaschine. Nicht, um damit in die Zukunft oder Vergangenheit zu reisen, sondern um mehr Zeit zu haben für all die Dinge, die sie tun möchten – oder müssen. Ständig sind sie im Stress, ständig in Action, keine Ruhe, keine Muße, kein Chillen. Glückwunsch, wenn es dir nicht so geht und du ein völlig entspanntes Menschenkind bist! Alle anderen lesen bitte weiter.

T!PP

Ordentlicher Schreibtisch = ordentliche Gedanken

Dieser Spruch klingt nach Besserwisser. Ehrlich gesagt: ist er auch. Vielleicht gehörst du zu den Glücklichen, die ein geordnetes Chaos beflügelt und inspiriert. Die meisten jedoch verzetteln sich sprichwörtlich zwischen Papierchen, Zeitungsartikeln, Radiergummis und Krams und verbringen die meiste Zeit in einer Umgebung, die ihnen nicht guttut.

* Mach reinen Tisch: Räume alles runter, säubere die Oberfläche und wirf alles weg, was du nicht brauchst. Vergiss die Schubladen nicht!
* Sorge für eine angenehme Atmosphäre, wähle deine Lieblingsfarben, stelle eine grüne Pflanze (keine verstaubte Zimmerlilie!) in Sichtweite auf, damit die Energien wieder fließen können.
* Besorge dir einen großen Papierkorb, in dem du Papier flach stapeln kannst.

Entlarve deinen Zeitdieb und schnapp ihn dir!

Zeitdieb Perfektionismus: Super, wenn du alles perfekt erledigst und hohe Qualitätsansprüche hast, die Präsentation ausführlich ausarbeitest, die Musiknoten auswendig lernst. Unter Zeitdruck kommst du leicht in Bedrängnis, wenn du immer alles perfekt erledigen willst. Deswegen: Prioritäten setzen und lieber mal etwas „nur gut“ machen statt gar nicht.

Zeitdieb Jasagen: Dein Engagement ist toll, aber wenn du zu allem Ja sagst, brummst du dir zusätzliche Aufgaben auf (Protokoll schreiben, Botengänge erledigen, Flohmarkt organisieren). Sage Nein zu Dingen, auf die du keine Lust hast!

Zeitdieb Ablenkung: Handy und Radio kannst du ausschalten, deinen Kopf leider nicht so schnell. Lerne, dich zu fokussieren (vgl. Übungen von Seite 82), sorge für eine gute Arbeitsatmosphäre, die dich beflügelt.

Zeitdieb Faulheit: Null Bock auf gar nichts? Überwinde deinen inneren Schweinehund, fang einfach an. Oder setz dir eine feste Uhrzeit, ab wann du loslegst. Oder verabrede dich mit deiner Freundin zum Lernen. Teile dein Arbeitspensum in Häppchen ein. Gehe zwischendurch Seil springen (skaten, joggen, Rad fahren). Und stelle dir für hinterher (!) eine Belohnung in Aussicht.

Zeitdieb Chaos: Ein clever geführtes Hausaufgabenheft wirkt Wunder! Aufschreiben, Prioritäten beziehungsweise Termine setzen, erledigen, durchstreichen! Oder eine ordentliche und beschriftete Ablage aller deiner Unterlagen (Schulsachen, Zeitschriftenartikel, Konto).

Zeitdieb negativer Blick: Schau auf all die Dinge, die du schon erledigt hast, und das ist bereits eine ganze Menge! (Und vergiss den Berg, der noch vor dir liegt!)

Höher, weiter, immer besser oder:
Stress lass nach

Deine Eltern möchten, dass es dir gut geht. Sie investieren ihre Liebe, ihre Zeit und ihr Geld in dich, fördern und fordern dich, wo sie nur können. Ohne Schulabschluss und Ausbildung geht gar nichts, sagen sie, du brauchst einen „ordentlichen" Beruf, um dir später „was Ordentliches" (und damit meinen sie Haus, Auto, Urlaub und Kinder) leisten zu können ... Was lieb und bestens von ihnen gemeint ist, übt aber gleichzeitig einen gigantischen Leistungsdruck auf dich aus und du denkst: „Was soll der Stress?" Natürlich willst du es ihnen recht machen, dein Bestes geben, aber manchmal reicht das nicht und du fühlst dich einfach nur müde, schlapp und ausgelaugt.

Wenn dann noch Streit mit deinen Freundinnen hinzukommt, du dich den Erwartungen von außen (= gängigen Schönheits- und Schlankheitsidealen) anpassen sollst, kann es schon mal sein, dass dein Körper, der ja bekanntlich schlauer als die Seele ist, reagiert – mit Bauchweh, Kopfschmerzen, Nackenverspannungen. Oder gar mit Essstörungen und Depressionen.

Wir leben in einer Zeit, in der du alle Möglichkeiten hast, das Beste aus deinem Leben zu machen: die beste Ausbildung, das beste Coaching, die beste Partnerwahl ... Selbstoptimierung um jeden Preis (das haben die Erwachsenen verinnerlicht und erwarten dieses Verhalten jetzt auch von dir), da musst du mitmachen, sonst giltst du als Versagerin. Jeder erwartet natürlich auch, dass du es tust. (Deswegen gibt es in diesem Buch so viele Tipps, die dich dabei unterstützen!)

Die Frage allerdings, was richtig ist, **WAS DU WILLST** *und wann du dein Leben als gelungen und glücklich empfindest, kannst nur du beantworten. (Deswegen gibt es in diesem Buch so viele Denkanstöße.)*

STRESS: Zustand und Unwort unserer Zeit mit negativen Folgen für dich und deinen Körper. Stress – egal welcher Herkunft – löst einen Fluchtreflex aus, ein Mechanismus aus der Steinzeit, der sich noch nicht der modernen Lebensweise angepasst hat. Egal, ob du Dauerstress mit deinen Eltern hast, Leistungsstress in der Schule oder Stress mit der Tussi von nebenan – dein Körper geht in Alarmbereitschaft, dein Herz pumpt, deine Muskeln sind angespannt, du hast kein Hungergefühl, keine ordentliche Verdauung (wer geht schon auf der Flucht vorm Mammut aufs Klo?!), denn dein Körper braucht alle Energie, damit du dich in Sicherheit bringen kannst. Die Folgen von Dauerstress kannst du dir selbst leicht ausmalen!

Sorge für dich, bekomme deinen Stress in den Griff und habe erst gar nicht Kopfschmerzen, Bauchweh oder Schlafstörungen, die Tipps in diesem Buch helfen dir dabei. Wenn du die Ursachen für deinen Stress kennst, kannst du ihn leichter abstellen. Welchen Aussagen kannst du zustimmen?

- ⋆ Ich mache mir selbst Stress mit sehr guten Noten und fühle Leistungsdruck.
- ⋆ Meine Eltern erwarten nur Einsen und Erfolge von mir und ich fühle Erwartungsdruck.
- ⋆ Bei uns gibt es Dauerstreit, Trennung oder doppelte Berufstätigkeit meiner Eltern, das belastet mich.
- ⋆ In unserer Clique gibt es Mobbing, Alkoholprobleme, Beautyalarm und ich fühle Gruppenzwang.
- ⋆ Meine Freundinnen sticheln und lästern und ich habe Freundinnenstreit.

Leichter lernen

Mit Spaß fällt das Lernen leichter! Um das zu verstehen, musst du kein Neurowissenschaftler sein, der deine Gehirnströme überprüft, wenn du zähneknirschend Lateinvokabeln lernst. Natürlich ist das Ergebnis dann unterirdisch. Wenn du aber mit Freude und Begeisterung an der Sache bist, lernst du leichter, kannst dich besser erinnern und selbst der alte Cäsar wird zum Kumpel. Grund genug, sich auf lustvolles Lernen einzulassen!

Super-Power-Lerndrink

Mixe 500 g Naturjoghurt mit 100 ml Multivitaminsaft und gib einen Teelöffel gemahlene Mandeln sowie drei Esslöffel Haferflocken hinzu. Mit Honig abschmecken.

Iss dich schlau! Nüsse und Obst sind super Vitamin- und Mineralstofflieferanten fürs Hirn. Zwischendurch also immer wieder mal was Knackiges beim Lernen knabbern, am besten stellst du dir eine Schüssel Obst (Blaubeeren, Bananen, Äpfel) neben deine Bücher.

T!PP

- **Zu zweit lernen** – egal, ob mit deiner Freundin, deinem Bruder oder deiner Mutter, zu zweit geht's einfach besser: Fragt euch gegenseitig ab, geht an besondere/verrückte Lernorte (Garage, Spielplatz, Balkon).

- **Lange Autofahrten nutzen** – frage deinen Vater Englischvokabeln ab, die du lernen musst. Auf dem Parkplatz bist du dann an der Reihe.
- **Digital lernen** – Online-Tests, Vokabel-App, multimediale Bilder zum Anklicken erweitern deinen Horizont, weil mehrere Sinne gleichzeitig angesprochen werden. Und das macht natürlich Spaß!
- **Aktiv lernen** – wenn du in Bewegung bist, werden wenigstens zwei Gehirngebiete aktiviert und miteinander verknüpft. Klatsche Merksätze oder lerne Jahreszahlen mit einer Melodie oder erkläre im Rhythmus deines Atems beim Laufen die Planetenkonstellation.
- **Immer wieder lernen** – aus kleinen Trampelpfaden im Gehirn müssen Datenautobahnen werden. Das geht nur, in dem du diesen Weg immer wieder und wieder gehst und so die Verbindung stärkst. Wiederholung ist alles!

- **Aufmerksam lernen** – lege alle 30 Minuten eine Pause ein, in der du Wasser trinkst, an die frische Luft gehst, einen Apfel isst und/oder dich bewegst.
- **Im Schlaf lernen** – gib deinen Gehirnzellen Gelegenheit, ihre Bahnen zu verfestigen. Was du tagsüber gelernt hast (und in Form von Signalen in deinem Gehirn unterwegs ist), muss nachts weiterarbeiten und „abgelegt" werden.
- **Begeistert lernen** – bleibe neugierig auf die Welt. Lernen ist Veränderung und Lust auf Neues.
- **Lernpensum einteilen** – fange eine Woche vor der Arbeit damit an, den Lernstoff zu wiederholen, damit dein Gehirn die Möglichkeit hat, es langfristig abzuspeichern, und damit du von der Paukerei auch etwas hast.
- **Ohne Glotze lernen** – auch wenn du es unterhaltsam findest: Für dein Gehirn ist die Verarbeitung von TV-Bildern Höchstleistung und lenkt dich vom Lernstoff ab.
- **Angstfrei lernen** – mit Druck und Drohung geht gar nichts, denn Angst verhindert, dass sich im Gehirn neue Datenbahnen verknüpfen, weil mit Drohgebärden bei jedem Menschen instinktiv ein Fluchtreflex ausgelöst wird. Darauf darfst du deine Eltern und Lehrer gerne aufmerksam machen! (Vgl. Stress, Seite 92)

Wie du bist, so lernst du

Du lernst leichter, wenn du in deinem Element bist, wenn dir die Dinge Spaß machen und du Freude dabei entwickeln kannst. Angesichts langweiliger Matheformeln, lästigen Vokabellernens oder komplizierter Tanzschritte leichter gesagt, als getan. Trotzdem ein Versuch wert, oder? Finde heraus, welcher Lerntyp du bist und unter welchen Umständen dir das Lernen leichter fällt. Jeder Mensch hat ein oder zwei Lieblingskanäle, auf denen er am häufigsten sendet und empfängt. Ob das Sehen, Hören, Riechen, Schmecken oder Fühlen ist oder eine Kombination aus mehreren Kanälen, findest du jetzt heraus.

Die Bildhafte: Du sagst gerne: „Das sieht gut aus!", du umgibst dich gerne mit schönen Dingen, du erinnerst dich gut an Bilder, schlecht angezogene Menschen sind dir ein Gräuel. ➜ Du lernst visuell, achte darauf, dass dein Lernstoff „schön" ist (Stifte, Hefte, Schreibtisch).

Die Theoretikerin: Du liest und grübelst und diskutierst und musst wissen, welche Zusammenhänge zu deinem Lernstoff bestehen. ➜ Du lernst durch die Theorie, achte auf gute Lehrbücher und interessante Diskussionspartner.

Die Beobachterin: Du schaust erst mal eine Weile zu, wie andere das machen, denkst die Angelegenheit durch und wirst dann aktiv. ➜ Du lernst durchs Beobachten, achte darauf, dass du gute Vorbilder in deiner Umgebung hast.

Die Aktive: Du neigst zur Ungeduld, willst lieber ausprobieren statt lange Erklärungen abwarten und magst Gruppenarbeiten. ➜ Du lernst aktiv, achte darauf, dass du ausreichend Zeit und Möglichkeiten zum Ausprobieren hast.

Die Gefühlvolle: Du sagst: „Da habe ich ein gutes Gefühl", fühlst dich in Zusammenhänge ein und lernst Dinge durchs Anfassen und Ausprobieren. ➜ Du lernst durch eigene Erfahrungen am besten: „Learning by doing", lautet deine Devise. Schreibe deinen Lernstoff mit der Hand, trage beim Lernen Wohlfühlklamotten und übe so viel wie möglich praxisorientiert.

Die Fixe: Dir reichen kurze und klare Anleitungen, einmal aufschreiben und merken reicht. ➜ Du lernst pragmatisch, achte darauf, dass dein Wissen nicht zu oberflächlich bleibt.

Die Zuhörerin: Du sagst: „Das hört sich gut an", du sprichst beim Lernen vor dich hin und überhaupt lernst du leicht Dinge auswendig, hörst gerne Musik. ➜ Du lernst durchs Hören und Sprechen, also sprich deinen Lernstoff laut durch und achte beim Lernen auf eine ruhige, angemessene Atmosphäre.

Schule: warum und wozu???

Klare Antwort 1: Schulpflicht besteht bis zum 16. Lebensjahr. Und bis dahin musst du durch.

Trick 1: Wenn du schon lernen musst, kannst du die Zeit in der Schule auch nutzen und das Beste daraus machen.

Klare Antwort 2: Freiheit und Unabhängigkeit, sowohl von deinen Eltern als auch vom Staat oder von einem Mann. Und das erreichst du nur durch eine abgeschlossene (!) Ausbildung, die dir den Job ermöglicht, den du willst.

Trick 2: Selbstständiges und eigenverantwortliches Handeln führt auch zu mehr Selbstbewusstsein und Selbstwertgefühl.

SEI GESTALTERIN *deines Lebens, kein Opfer!*

Relax!

Suche dir aus den folgenden Entspannungsübungen drei heraus, die dich am meisten ansprechen, und probiere sie aus. Wenn sie dir gut tun, integriere sie in deinen Alltag, mach ein Ritual daraus, dich auf diese Weise zu entspannen.

Yoga, Meditation, autogenes Training – Probiere aus, ob dich diese Entspannungsformen ansprechen. Die einen verknoten sich gerne, andere begeben sich lieber auf eine Fantasiereise. Wichtig ist: Tue es gerne, fühl dich wohl dabei, ohne weiteren Zeit- und Termindruck.

Gehirnknöpfe drücken – Rubbele mit Daumen und Zeigefinger die Kuhlen unter dem Schlüsselbein rechts und links des Brustbeines, während deine andere Hand unterhalb des Bauchnabels ruht. Nach 20 bis 30 Sekunden die Hand wechseln. Verbessert die Verbindung deiner Gehirnhälften, verbessert dein Energieniveau und erhöht deine Konzentration.

Affentrommeln – Klopf dir aufs Brustbein wie ein Affe. Wenn du dich dabei wie Tarzan fühlst: recht so. Dadurch aktivierst du deine Thymusdrüse, die für dein Immunsystem verantwortlich ist, und weckst deine Lebensgeister.

Entspannung riechen – Wenn du auf schöne Düfte stehst, probiere es mal mit Aromatherapie aus. Lass dich im Fachhandel beraten, schnuppere dich durch und investiere in ein hochwertiges Öl. Bitte ätherische Öle niemals pur verwenden! Verreibe einen Tropfen Öl mit einem Klacks Bodylotion, und du hast eine wunderbar duftende Creme, die du wahlweise auf Schläfe, Ellenbogenbeuge oder auch am ganzen Körper auftragen kannst. Bei empfindlicher Haut bitte vorher austesten!
Pfefferminzöl wirkt antiseptisch, gilt als Stärkungsmittel und ist entzündungshemmend. Gegen Fieber, Stress und Migräne. **Lavendelöl** erfrischt, entspannt und beruhigt. Hilft bei Depressionen, Kopfschmerzen, Schlaflosigkeit, Stress und Hauterkrankungen. **Orangenöl** beruhigt und entkrampft. Gut gegen Nervosität und Stress. **Zitronenöl** erfrischt und belebt, fördert die Konzentration.

Entspannung schmecken – Es gibt viele leckere Teemischungen, die du kaufen und ausprobieren kannst. Viel besser ist natürlich dein persönlicher Relax-Tee mit den Heilkräutern Melisse, Hopfen und Lavendel, den du dir zu gleichen Teilen in der Apotheke mischen lassen kannst.

Achtsamkeit – Lebe im Augenblick, hier und jetzt. Wenn du abwaschen musst, spüre das warme Wasser, den Schaum, sieh das wasserglänzende Geschirr. Wenn du schreibst, beobachte, wie die Tinte aufs Papier fließt. Wenn du durch den Regen radelst, nimm jeden einzelnen Regentropfen wahr, spüre die Sonnenstrahlen in deinem Gesicht, die nasse Wiese unter den nackten Füßen ...

Zunge zeigen – Entspanne deine Zunge, denn sie ist meistens in Bewegung und nicht locker, egal ob beim Reden, Schlucken oder Husten. Lege deine Zunge auf den Zungengrund auf, lasse sie bewusst fallen. Je länger du sich auf die Entspannung deiner Zunge konzentrierst, desto entspannter ist auch dein Geist. Zungenentspannung ist so unauffällig, dass du sie überall durchführen kannst, im Bus, beim Radfahren, in der Schule. (Aber bitte nicht während der Mathearbeit, denn mit einer entspannten Zunge lässt sich keine komplizierte Rechenaufgabe lösen.)

Male was – Nimm einen bunten Stift in die Hand und kritzle einfach drauflos, vielleicht hörst du dabei Musik oder ein Hörbuch. Nicht nachdenken, sondern einfach machen, den Formen und Farben folgen, fließen lassen. Wahlweise kannst du auch Tagebuch schreiben oder einen ellenlangen Schal stricken ...

Warmes Fußbad – sorgt nicht nur für warme Füße, sondern wärmt auch den ganzen Körper und sorgt für Entspannung durch und durch.

Gönne dir medienfrei – gehe offline und verbringe wenigstens einen Abend in der Woche ohne Fernsehen, Computer, Handy, iPad. Medien sind großartig, aber ihre Benutzung ist oft reine Gewohnheit und du daddelst oft einfach sinnlos herum. Mach dich frei davon.

Nö, nee, mach ich nicht!

T!PP

Rede Klartext und reagiere nur auf eindeutige Aufforderungen!

Vermeide selbst den Konjunktiv, also Sätze wie: „Man könnte mal wieder ins Kino gehen" oder „Die Stallfenster müssten mal wieder geputzt werden", sondern sage deutlich, um was es geht. Wetten, dass der oder die Angesprochene auch ebenso klar reagiert? Wenn du respektvoll und fair dein Anliegen hervorbringst, vermeidest du Missverständnisse und unliebsame Zwischentöne.

Auch wenn sich Ja sagen besser anfühlt, positive Gefühle abruft, Energie freisetzt und für gute Stimmung sorgt, gibt es eindeutig genügend Situationen, in denen ein deutliches NEIN angebracht ist. Manchmal spürst du dieses Nein ganz klar und kannst es auch sagen („Ich esse kein Quälfleisch!" oder „Ich singe nicht im Schulchor mit!" oder „Diesen Rock ziehe ich nicht an!"), manchmal fällt dir eine eindeutige Stellungnahme schwer („Ich weiß nicht ..." oder „Mal sehen ..." oder „Lass das ...").

Dummerweise bekommen wir als Kinder aberzogen, Nein zu sagen! Gerade kleine Mädchen lernen (immer noch!), dass sie lieb, nett und artig sein sollen, statt ihren eigenen Willen zu behaupten und sich durchzusetzen.

Angepasstes Verhalten wird mit Lächeln und Aufmerksamkeit belohnt – kein Wunder also, wenn du es allen recht machen willst und deine eigenen Bedürfnisse dadurch verleugnest. (So wie dir geht es übrigens vielen Mädchen, was dann zu unglaublichen Schwierigkeiten untereinander führt. Siehe Seite 118 zum Thema Mädchenkrieg). Irgendwann aber merkst du: „Uuups, das gefällt mir gar nicht! Irgendwie bin ich unglücklich." Eine Stimme in dir rebelliert, stupst dich an, macht dich darauf aufmerksam, dass das, was du da gerade tust, nicht gut für dich ist. Gehe diesem Gefühl nach, finde heraus, wozu du lieber Nein sagen solltest, und lerne, dich gegen Erwartungen von außen abzugrenzen.

T!PP

Nein sagen betrifft insbesondere alles, was mit deinem Körper und deiner Intimsphäre zu tun hat!

Niemand darf dich gegen deinen Willen anfassen oder küssen, egal ob schlabberiger Tantenkuss oder aufdringlicher Typ! Sage Nein, wehre die Hände ab und geh weg. Damit signalisierst du ganz klar: Mit mir nicht! Leider hilft ein Nein nicht immer gegen sexuelle Übergriffe – bleibe konsequent und suche dir professionelle Hilfe und Unterstützung. Lass dir nicht einreden, du seist womöglich selbst schuld daran, weil du dich nicht eindeutig gewehrt hättest.

Sage Nein, wenn …

* jemand von dir verlangt, du sollst ihn anfassen, und dir überhaupt nicht danach ist.
* deine Freundin schon wieder dein Lieblingsshirt ausleihen will, du es aber endlich selbst tragen möchtest.
* deine Eltern wünschen, dass du Klavier spielst, weil sie selbst hochmusikalisch sind, du aber keine Taste triffst.
* deine Clique von dir verlangt, probeweise Nagellack zu klauen, um dabei zu sein.
* dein Bruder schon wieder Geld von dir leihen will, es dir aber nie zurückzahlt.

Nein sagen kannst du üben! Zum Beispiel so:

* Denke konzentriert an eine unangenehme Situation und dann gleich ein: „Will ich nicht! Nicht mit mir!“
* Stelle dich vor den Spiegel und rufe: „Nein!“ Achte dabei auf deine Körperspannung, deinen Gesichtsausdruck. Hände in die Hüfte, Blick geradeaus. Tief von innen muss es kommen: „NEIN!“
* Spiele Ja-Nein-Schubsen mit deiner Freundin. Stellt euch gegenüber und legt die Handflächen gegeneinander, die eine sagt Ja, die andere Nein und gleichzeitig stupst ihr euch an. Je lauter du dabei sprichst, desto stärker schubst du, desto deutlicher wird dein Nein.

Weit und breit nur kein Streit

T!PP

No-Go: Gesicht verziehen, Augen rollen, abschätzend blicken – und dann nicht klar sagen, WAS genau dich stört. Das führt zu Missverständnissen und jenem „typischen" Hintenrumgestänkere, das man Mädchen nachsagt. Und das willst du doch nicht, oder? Wenn jedes Mädchen klar sagt, was sie braucht, will oder stört, kann auch jeder klar damit umgehen.

Manchmal ist es eben so, da lassen sich Meinungsverschiedenheiten nicht vermeiden. Dann streitest du dich mit deinem Bruder, wer von euch die Spülmaschine ausräumt, da ärgerst du dich über deine Freundin, weil sie dein Geheimnis in die Gruppe posaunt hat, da bist du sauer, weil deine Mutter dich zum Tantenbesuch zwingt.

Gut, wenn du dich im Recht fühlst und deine Meinung durchsetzen kannst. („Du bist dran, basta.") Dann bleibt für dich nur die Frage, ob das auf Kosten anderer geschieht und ob du dabei Gefühle verletzt, das ist auf Dauer weniger angenehm für deine Mitmenschen. („Anna verhält sich ganz schön egoistisch!")
Hier hilft dann ein ehrliches „Sorry, tut mir leid, wie ich mich verhalten habe".

Für beide Parteien ist ein Kompromiss ein guter Weg, sich einig zu werden. Jeder gibt ein Stück nach und ihr trefft euch in der Mitte. („Okay, ich mach das heute, aber morgen bist du dran.") Noch besser sind natürlich sogenannte Win-win-Situationen: Jeder profitiert von der Konfliktlösung und ihr kommt ein Stück weiter. Das klappt nur, wenn ihr gegenseitig eure Bedürfnisse erkennt und euch aufeinander zubewegt. („Machen wir fix zusammen, dann haben wir beide mehr Zeit für unsere Lieblingsserie.")

ENTSCHULDIGUNG *zu sagen fällt nicht immer leicht, tut aber gut und wirkt Wunder. Gib zu, wenn du Mist gebaut oder dich im Ton vergriffen hast.*

Blöd ist nur, wenn du das Gefühl hast, dass immer du diejenige bist, die nachgibt. Das kann schlau sein, weil es manchmal Situationen gibt, in denen es keinen Sinn macht, endlos zu diskutieren (Notengebung, Situation überreizt, Gesetzeslage). Es kann aber auf Dauer deine Position schwächen, wenn du Konflikten aus dem Weg gehst und damit dein Selbstbewusstsein schwächst. Schwierig wird es, wenn du dich eigentlich im Recht fühlst, dich aber in der Gruppe oder gegenüber deinem Bruder nicht behaupten kannst. Noch mal: Sage, was du brauchst! Sage, was dich stört! Und: Da musst du durch! Lege dir Argumente zurecht, übe vor dem Spiegel, solange, bis du es kannst. Lass dir nichts gefallen, kämpfe um dein Recht und deine Position, du bist es wert!

Geschickt im Konflikt

- ★ Sage laut, wenn dich etwas stört und du es anders haben möchtest.
- ★ Abhauen gilt nicht, stelle dich dem Konflikt und frage, worum es eigentlich geht.
- ★ Dampfablassen und Rumschreien mag helfen, führt aber zu nichts. Besser: Einmal tief durchatmen und/oder darüber schlafen.
- ★ Trage den Konflikt sofort aus und schreibe ihn nicht auf deine Liste.
- ★ Nicht zwischen Tür und Angel streiten, sondern einen günstigen Zeitpunkt wählen.
- ★ Übe in deiner Familie, deine Position zu behaupten!
- ★ Bleibe bei dir und deinen Emotionen: Mit „Ich finde / ich fühle / ich beobachte ..." bleibst du sachlich und ergebnisorientiert.
- ★ Zeige Dialogbereitschaft, höre deinem Gegenüber zu (auch wenn's schwerfällt!) und signalisiere, dass du dich vertragen möchtest.

ICH ist das wichtigste Wort in einem Streit, damit bleibst du bei dir und deinen Gefühlen und schiebst keine Beschuldigung auf einen anderen ab, was immer zu unsachlichen Diskussionen führt. Sage, was du gehört hast und wie du die Angelegenheit siehst, wie das auf dich wirkt und wie du dich damit fühlst. „Ich sehe nicht ein, dass immer ich die Spülmaschine ausräumen soll. Ich finde, das ist unfair und ich fühle mich damit verletzt. Ich will, dass wir das gerecht teilen."

Jungs: liebenswerte Chaoten, coole Macker und einfach toll

Genauso wenig wie du dich in eine Schublade pressen lassen möchtest, genauso wenig gibt es allgemeingültige Aussagen über Jungs. All das, was in diesem Buch bisher über Selbstbewusstsein, Klischees, Streitkultur und Klarkommen im Leben geschrieben wird, gilt ebenso für das andere Geschlecht. Auch die alten Rollenmuster für Jungs befinden sich gerade im Umbruch.

Bis vor gar nicht allzu langer Zeit galten sie als das starke Geschlecht und wurden dazu erzogen, eines Tages als Alleinverdiener eine Familie zu versorgen. Dieses Rollenbild ist dabei, sich gründlich zu ändern! Jungs sollen heute „weiche" Züge zeigen (basteln, lesen, diskutieren, Gefühle zeigen), sich aber gleichzeitig macht- und selbstbewusst behaupten (Fußballplatz, Karriere). Jungs stecken also ebenfalls in der Zwickmühle und müssen es allen recht machen, auch sie werden zunehmend nach Äußerlichkeiten beurteilt.

IMMER MEHR VÄTER *bringen sich heutzutage aktiv in die Erziehung ein, nehmen Elternzeit oder arbeiten weniger, wechseln selbstverständlich die Windeln ihrer Kinder und backen Kuchen fürs Sommerfest – so etwas wäre vor vierzig Jahren noch undenkbar gewesen!*

So wie du befinden sich deine Kumpel und Klassenkameraden ebenfalls in der Pubertät, auch sie spüren ihre körperlichen und persönlichen Veränderungen. Doch im Vergleich zu dir wirken die Jungs in deinem Alter noch ganz schön kindisch, oder? Die meisten albern herum, spielen blöde Streiche und sind für ernsthafte Gespräche (noch) nicht zu gebrauchen. Das liegt daran, dass sie meist zwei Jahre später in die Pubertät kommen als Mädchen. Während dein Körper weicher wird, bekommen Jungs dann stärkere Konturen und definiertere Muskeln. Schamhaare, Hoden und Penis wachsen ebenso wie ihre Körperbehaarung an Armen, Beinen und auf der Brust. Außerdem wird ihre Stimme tiefer, was nicht von heute auf morgen geschieht, sondern sich wie „heiser" anhört und in der Übergangsphase ulkige Kiekser mit sich bringt.

Jahrzehntelang hat man traditionellerweise auf die Jungs geschaut, wenn es um Entwicklung und Erziehung ging, jetzt sind die Mädchen dran: Girls' Day und Mädchenförderprogramme – viele Jungs fühlen sich übergangen, dabei werden Mädchen nur endlich gleichberechtigt behandelt. Mehr noch: Die Jungen merken, dass sie gerade von den Mädchen um sie herum überholt werden, fachlich wie persönlich, weil diese ihre Möglichkeiten nutzen und sich logischerweise die Chance auf eine exzellente Ausbildung nicht entgehen lassen.

Wenn du gerade nicht weißt, ob du Jungs ärgern oder küssen sollst: Freue dich darüber, in ihnen gleichwertige Kumpel zu haben, mit denen du wahlweise reden, kämpfen, diskutieren, lernen, Quatsch machen, streiten, feiern oder alles auf einmal machen kannst. Und zwar auf Augenhöhe und völlig gleichberechtigt. Es gibt überhaupt keinen Grund für Männerfeindlichkeit oder dafür, sich über „dumme" Männer lustig zu machen, wie es oft in der Werbung für Putzmittel geschieht. (Frauen sind ebenfalls oft genug Werbeopfer, aber es muss ja nicht Gleiches mit gleichem vergolten werden.)

Im Gegensatz zu dir, die von Bauarbeiter bis Zauberer alles Mögliche ausprobieren darf, gilt für Jungs ein unausgesprochenes Rock- und Nagellackverbot … und wehe, einer möchte sich zu Fasching als Prinzessin verkleiden!

Wie du in den Wald rufst

Wertschätzung, Aufmerksamkeit und Einfühlsamkeit sind vonnöten, möchtest du einen Streit ohne Stress und (im weitesten Sinne) ohne Gewalt lösen. Das ist in Anbetracht der üblichen elterlichen Meckerattacken eine große Herausforderung! Oder wenn dich deine Freundin fies anmacht. Oder dein Trainer dich einfach so von der Mannschaftsliste streicht. Oder du selbst den Totalausraster bekommst, weil dein Lieblingsshirt immer noch nicht gewaschen ist.

Jahrelang warst du die kleine Tochter von deinen Eltern und sie haben über dich bestimmt, was du zu tun und zu lassen hast. Egal, ob es um die Wahl der Grundschule, deines Hobbys oder deiner Kleidung ging, immer hatten sie das letzte Wort und bei all dem garantiert nur das Beste für dich im Sinn. Du hast gelernt, ihnen (mehr oder weniger) zu gehorchen, ihre Autorität aber nie ernsthaft infrage gestellt. Jetzt, wo du dich auf dem Weg zum Erwachsenwerden befindest, geschieht aber Folgendes: Du entdeckst, dass es andere Ansichten über Gott und die Welt gibt, bist anderer Meinung als deine Eltern, was beispielsweise Ernährung oder Mode betrifft. Und plötzlich findest du es überhaupt nicht mehr in Ordnung, wenn sie über dich bestimmen wollen. Das ist gut so! Schließlich sollst und willst du eines Tages auf eigenen Füßen stehen und musst wissen, was du tust.

Sage Danke für all die Dinge, die dein Vater / deine Mutter für dich tut oder die du von ihnen vermittelt bekommen hast. Schreibe es auf einen Zettel oder in dein Tagebuch. Jede Wette verändert sich eure Beziehung zum Guten.

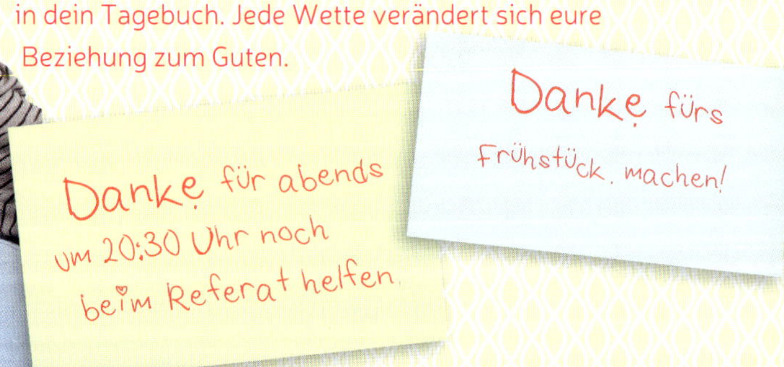

Deine Eltern sind, solange du minderjährig bist, deine Erziehungsberechtigten und verantwortlich für dich. Und aufgrund ihrer Lebenserfahrung haben sie natürlich auch ihre eigenen Ansichten und möchten dich vor einigen unliebsamen Geschichten bewahren. Dadurch entstehen Konflikte, jede Menge unliebsame Auseinandersetzungen, Streits und Tränen. Die einen sagen: „Ist normal, gehört dazu, so ist das halt in der Pubertät." Andere probieren es mit gegenseitigem Verständnis und Wertschätzung, das ist der konfliktärmere Weg.

Deine Eltern haben es gut mit DIR!, das muss ihnen klar sein. Zeige ihnen, dass du vernünftig und eigenverantwortlich handeln kannst, dass du ehrlich und zuverlässig bist, auch wenn du manchmal schrecklich schräg drauf bist und nicht weißt, wohin mit deinen Gefühlen. (Und das, liebe Eltern, müsst ihr unbedingt anerkennen.)

Die Sache mit der Anerkennung funktioniert so:
Wenn du also von deinen Eltern möchtest, dass sie dich und deine Anliegen ernst nehmen, dass sie dich nicht mehr wie ein Kind behandeln, sondern dir gleichberechtigt Achtung und Respekt zollen, dann musst du das andersherum auch tun. Manche Töchter und Söhne lechzen ihr Leben lang nach der Anerkennung ihrer Eltern. Was sie dabei vergessen: Eltern brauchen auch die Anerkennung ihrer Kinder. Nur so funktioniert überhaupt ein friedliches Miteinander.

Ich will aber!

Wollen ist gut, dein Ziel erreichen ist besser, oder?
Blöd nur, wenn Eltern immer alles verbieten und am längeren Hebel sitzen und es überhaupt nicht toll finden, dass du dir die Haare färben lassen oder Schlagzeug spielen oder bei deiner Freundin übernachten oder mehr Taschengeld haben möchtest. Anstatt wie ein kleines Trotzkind mit dem Fuß aufzustampfen und motzig in deinem Zimmer zu verschwinden, überlege dir vorher, wie du an die Erlaubnis kommst.

T!PP

Der Weg zur Eigenverantwortung ist lang, fang an:

* Zeige, dass man sich auf dich verlassen kann, indem du dich an Absprachen hältst, egal, ob es um Schule, Mithilfe im Haushalt oder ums pünktliche Nachhausekommen geht.
* Eltern sind manipulierbar: Mit guten Noten auf dem Zeugnis erreichst du (fast) alles. Mit Aufräumen, Kochen und Putzen sowieso.
* Wähle einen günstigen Zeitpunkt für deine Bitte! Wenn deine Mutter müde von der Arbeit kommt oder gerade eine interessante Fernsehsendung läuft, geht gar nichts.
* Formuliere deine Bitte mit Ich-Botschaften freundlich und klar. „Ich möchte …"
* Informiere dich vorher und präsentiere Fakten (wie teuer, wie lange, welche Folgen).
* Eltern haben Angst und Sorge um dich. Mach ihnen klar, dass dir nichts passiert, du nicht auf die falsche Bahn gerätst, nur weil du jetzt schwarze Haare hast und Schlagzeug spielst.
* Lege dir Argumente zurecht, warum du ausgerechnet schwarze Haare / Trommeln / bei deiner Freundin sein / mehr Taschengeld haben möchtest.
* Bleibe bei dir und deinen Emotionen! Wieso brauchst du andere Haare / das Trommeln / die Übernachtung / mehr Geld?
* Erwarte, dass du die Erlaubnis JA bekommst! Trage also mit positiven Gefühlen dein Anliegen vor, dann erreichst du auch etwas.
* Gib nicht gleich auf! Manchmal brauchen Eltern Zeit, um über etwas nachzudenken.

Wenn du ernsthaft auftrittst, wird dein Anliegen auch ernst genommen (Wertschätzung!). Allerdings, und das wird mit der Zeit immer schwieriger für dich zu akzeptieren sein: Ein Nein deiner Eltern bedeutet auch Nein, sie tragen die Erziehungsverantwortung für dich. Aber es kann ja nicht schaden, sie mit guten Argumenten vom Gegenteil zu überzeugen, oder? (Und manchmal, das wirst du im Nachhinein irgendwann einmal zugeben, hatten sie auch recht mit ihrer Entscheidung.)

ICH BIN ES WERT, *dass du mein Anliegen ernst nimmst und mir zuhörst.*

T!PP

No-Go: Die anderen dürfen aber auch … besser: „Ich fühle mich ausgegrenzt, wenn ich nicht dabei sein darf." Bleibe immer bei dir und deinen Emotionen!

Taschengeld ist eine freiwillige Leistung deiner Eltern, damit du lernst, mit Geld umzugehen.

Zeige ihnen, dass du es wert bist, den Betrag zu erhöhen, indem du dir deine Euros verantwortungsvoll einteilst! Lege regelmäßig etwas zur Seite, setze dir Sparziele (iPod, Fahrrad, Jeans) und gehe bewusst damit um. Eines Tages wirst du nicht nur dein eigenes Geld verdienen und dein Leben damit bestreiten, sondern auch in Gehaltsverhandlungen dafür einstehen müssen, was deine Arbeit wert ist.

Du hast Recht!

Klar, denkst du, was denn sonst! Tatsächlich ist es aber noch gar nicht so lange her, nämlich knapp 20 Jahre, dass mit der UN-Kinderrechtskonvention weltweit Grundrechte für Kinder und Jugendliche festgelegt wurden, ganz zu schweigen von den Rechten für Mädchen und Frauen. Das wundert dich, weil um dich herum doch alles bestens läuft, allerorten von Gleichberechtigung und Chancengleichheit die Rede ist, es den Girls' Day gibt und du – zum Glück! – in rechtlich geordneten Verhältnissen aufwachsen darfst. Aber in anderen Ländern ist dies längst nicht der Fall, beispielsweise China oder Indien, wo Kinderarbeit an der Tagesordnung ist und Mädchen nicht zur Schule gehen dürfen.

Dein Recht!

- Du hast Recht auf Gleichheit
- Du hast Recht auf Gesundheit
- Du hast Recht auf Bildung
- Du hast Recht auf Spiel und Freizeit
- Du hast Recht auf Meinungsfreiheit
- Du hast Recht auf gewaltfreie Erziehung
- Du hast Recht auf Schutz vor Krieg
- Du hast Recht auf Schutz vor Ausbeutung
- Du hast Recht auf elterliche Fürsorge
- Du hast Recht auf Förderung bei Behinderung

(u.v.m. Festgeschrieben in der UN-Kinderrechtskonvention von 1989)

NOCH NIE *in der Geschichte der Menschheit hatten Mädchen und Frauen so viele Rechte und Möglichkeiten wie heute!*

Ein Blick in die Geschichte der Emanzipation der Frau zeigt eindeutig: Frauen wurden jahrhundertelang von Männern unterdrückt, ihrer Rechte beraubt und als minderwertige, dumme Wesen angesehen, die keinen Platz in der Politik (von wegen Bundeskanzlerin!), in der Religion (von wegen Pfarrerin!) oder in der Medizin (von wegen Ärztin!) haben durften. Für dich heute unvorstellbar, aber bis in die Mitte des letzten Jahrhunderts hinein war es normal, dass der Ehemann über seine Gattin bestimmte, ihrem Arbeitsvertrag oder ihrer Führerscheinprüfung zustimmen musste.

Dank der Frauenbewegung hat sich seit den 1960er-Jahren vieles verändert! Bis in die 1970er-Jahre war Frauen offiziell das Tragen von Hosen in der Öffentlichkeit verboten. Das erklärt, warum viele meinen, heute immer noch über Frauen bestimmen zu dürfen – und Frauen nach ihrer Kleidung beurteilt werden. Erst seit 1980, also noch keine vierzig Jahre, gibt es überhaupt Frauenbeauftragte, die sich in der Politik für Frauenrechte und Gleichberechtigung einsetzen.

Feminismus – Das F-Wort wird von vielen nicht gerne in den Mund genommen, weil es ein denkbar schlechtes Image hat. Warum, weiß niemand so genau, denn Feminismus will eigentlich nur eins: Soziale, wirtschaftliche und politische Gerechtigkeit für Männer und Frauen. Viele sind der Meinung, die gebe es längst, aber ein kritischer Blick reicht, um festzustellen: In vielen gesellschaftlichen Bereichen werden Frauen immer noch benachteiligt, zum Beispiel wenn sie für den gleichen Job weniger Gehalt bekommen als ihre männlichen Kollegen oder automatisch diejenigen sein sollen, die wegen der Kinder auf ihre Berufstätigkeit verzichten.

Mach dir eine Liste mit berühmten Frauen! Wie viele fallen dir ein?

Nicht mit mir!

Ganz klar: Je selbstbewusster du auftrittst, desto weniger bietest du potenziellen Streitfritzen eine Angriffsfläche. Aus Studien weiß man: Menschen mit einem aufrechten Körpergang und einem offenen Blick werden sehr viel seltener als Opfer angesehen als solche, die sich geduckt und passiv verhalten. Das kannst selbst du leicht überprüfen, indem du mal bei euch auf dem Schulhof den Opferscanner anschaltest und dir überlegst (natürlich nur theoretisch), mit welchem deiner Mitschüler und Mitschülerinnen du leichtes Spiel hättest: Wer lässt die Schultern hängen? Wer schlurft lustlos durch die Gegend? Wer guckt zu Boden?

Wenn du dich dabei ertappst, wie du selbst Fremden nicht in die Augen gucken magst und lieber den Rückzieher machst, übe Folgendes:

- Schau mir in die Augen – und zwar so oft wie möglich! Wenn du jemanden begrüßt, wenn du in den Bus einsteigst, an der Kasse stehst. Augengefechte kannst du auch mit deiner Freundin üben!
- Aufrechter Gang – mit einem Buch auf dem Kopf durchs Zimmer stolzieren. Kopf hoch, Brust raus und das Kinn anheben.
- Schultern straffen – ziehe bewusst deine Schulterblätter zusammen. Automatisch atmest du tiefer und fühlst dich stärker.
- Fest stehen – achte auf einen sicheren Stand, durch gute Schuhe (!) und gleichmäßige Belastung deiner Füße.
- Mach dich breit – behaupte dich auf dem Fußweg und weiche nicht automatisch aus.

Meide gefährliche Situationen und sorge für sichere Wege. Sollten dir doch mal fiese Typen begegnen und es ist zum Ausweichen zu spät, hilft nur: Augen auf und durch. Zeige keine Angst und schaue ihnen entgegen und dann marschierst du einfach an ihnen vorbei, und zwar so nahe wie möglich. Wenn du mit Pferden zu tun hast, weißt du, dass man sicherer vor ihrem Tritt ist, je dichter man an ihrem Körper/Bein steht. Zeige deine Macht! Spüre deine Körperkraft! Wichtig ist, dass du dich nicht verunsichern lässt und deine Entschlossenheit zeigst.

T!PP

Achte die Körpergrenzen

Wir haben eine natürliche Intimsphäre von etwa einer Armlänge. Wenn dir fremde Menschen näher kommen, ist das meistens unangenehm (deswegen fühlen sich viele im Aufzug unwohl). Gehe rechtzeitig auf Distanz! Wegdrehen, Stopp sagen und, wenn alles nicht hilft, den Raum verlassen!

Jede Sportart trainiert Körperspannung, Kraft und Selbstbewusstsein

Judo, Karate, Capoira, HapKido sind Varianten von Kampfsportarten, die dir außerdem Verteidigungstechniken vermitteln.

Natürlich gibt es auch jede Menge positive Körpersignale! Lächeln, Blinzeln, Kopf schief legen – dein Körper spricht Bände.

Aktion	Bedeutung
Gegenstand vor dem Körper halten oder verschränkte Arme	**Unsicherheit**
Ständig auf die Uhr schauen, Fussel vom Pulli zupfen	**Desinteresse**
Kopf in die Hände gestützt	**Langeweile**
Kinn oder Nase beruhren	**Nachdenken**
Hände hinter dem Kopf verschränken	**Überlegenheit**
Kratzen oder etwas in den Händen fummeln	**Unsicherheit**

Mehr Raum für dich

Bilderrahmen
Wähle ein Foto von dir, mache eine Collage oder verziere es mit Miniaturdingen bzw. Bildern, die zu dir gehören und etwas über dich aussagen, beispielsweise Schwimmbrille, Notenblatt, Blume, Nagellack, Basketball, Kekspackung …

In diesem Buch geht es immer wieder um dich und deine ganz persönlichen Bedürfnisse und vor allem darum, mehr FREI-Raum zu haben, um dich vor Erwartungshaltungen, Druck von außen oder dem Blick der anderen zu schützen. Nutze die Gelegenheit zum Rückzug, wann immer sich die Möglichkeit dazu ergibt, und denke darüber nach, teste die Tipps in diesem Buch oder stelle sie auf den Kopf, beschäftige dich mit dir und deinem Mädchensein.

„A room of ones own" hat es die englische Schriftstellerin Virginia Woolf einst genannt, und damit nicht nur das eigene Zimmer, sondern im übertragenen Sinne FREI-Raum für die persönliche Entfaltung von Weiblichkeit gemeint. Schmücke deine Privatsphäre mit einem hübschen Türschild! Und dann bastele dir bei der Gelegenheit gleich eine Mädchenkramkiste für all deine persönlichen Dinge, die du aufheben möchtest, die dir etwas bedeuten, die dich glücklich machen wie beispielsweise Urlaubsfotos, dein Tagebuch, Süßigkeiten, die Liste mit deinen Schokoladenseiten …

Türschild

Geht aus verschiedenen Materialien wie Pappe, Frühstücksbrettchen, Bilderahmen, Fimo, Holz oder Filz. Egal, welche Variante du wählst, schreibe auf die Rückseite, was dein Freiraum für dich bedeutet (Ruhe, Respekt, Freiheit, Entdeckungsreise).

1. Nimm ein Stück Pappe oder ein Holzbrett und grundiere zuerst die Oberfläche in deiner Lieblingsfarbe.
2. Schreibe deinen Namen mit Bleistift vor, bevor du ihn dann bunt ausmalst.
3. Verziere dein Türschild mit Ornamenten, Glitzersteinen oder Stickern.
4. Bohre Löcher zum Aufhängen und wähle eine passende Kordel.

Mädchenkramkiste

Mit der Decopatch-Technik kannst du (fast) alles mit bunten Papieren aufpeppen. Für deine persönliche Kiste brauchst du Folgendes: eine stabile Schachtel (Schuhkarton), Decopatch-Papier, Paperpatch-Kleber, weichen Pinsel.

So geht's:

1. Lege dir alles zurecht und reiße das Papier in kleine Schnipsel.
2. Trage den Klebstoff auf die Schachtel auf.
3. Beklebe sie nun nach Lust und Laune mit den Papierchen.
4. Trage zum Schluss noch mal eine dünne Schicht Klebstoff auf.
5. Achte darauf, dass sich die Papiere leicht überlappen, und vermeide überflüssigen Klebstoff.
6. Gut trocknen lassen!

BEKLEBE DEINE SCHACHTEL *mit verschiedenen Papieren, Dekorstreifen und Steinchen. In deinen Lieblingsfarben, nach deinem persönlichen Geschmack.*

Beste Freundinnen

Ihr geht durch dick und dünn, kichert bis zum Umfallen, tragt die gleichen Klamotten und konnt stundenlang miteinander quatschen. Ihr kennt euch gegenseitig besser als eure Eltern, versteht euch ohne viele Worte und seid immer füreinander da. Ihr braucht keine Geheimnisse voreinander zu haben und müsst euch nicht für eure Tränen schämen – egal, ob du nur eine beste Freundin hast, drei oder vier oder fünf, Mädchenfreundschaften sind das Beste, was dir passieren kann.

Deine Freundinnen spiegeln dich, sie sind wie du, nur anders. Genau wie du durchleben sie gerade die Veränderungen der Pubertät, mit all ihren Pickeln, Zweifeln, Schwierigkeiten und wunderbaren Momenten. Da ist es doch prima, wenn ihr euch gegenseitig unterstützt und bestätigt, oder? Und das außerhalb der Familie, schließlich willst du dich ja gerade von den Muttifängen befreien und dein eigenes Ding machen, dabei aber nicht auf Nähe und Geborgenheit verzichten. Toll ist es, wenn du viele Freundinnen hast, mit denen du deine unterschiedlichen Interessen teilen kannst, ob das jetzt dein Hobby betrifft, Musik hören, Chillen, Quatsch machen, Lesen, Diskutieren, Shoppen, Geheimnisse austauschen oder die Leidenschaft für bunte Nagellacke.

OB NUR EINE ABF, *Kleeblatt oder eine ganze Mädchenclique – Mädchen und Frauen brauchen einander.*

Toll, denkst du jetzt, und was ist, wenn ich gar keine Freundinnen habe? MUSS ich eine allerbeste Freundin haben, um „in" zu sein? Musst du gar nicht, fühlt sich nur manchmal besser an. Vielleicht hast du einfach nicht das Bedürfnis nach Nähe und Austausch und bist zufrieden mit dir und deiner Welt. Das ist gut so!

Vielleicht fühlst du dich aber auch sehr alleine und wünschst dir jemanden an deiner Seite, der deine Interessen teilt. Werde aktiv und mach dich auf die Suche! Mädchen mit den gleichen Interessen findest du zum Beispiel in deinem Sportverein oder während einer Ferienfreizeit. Oder veranstalte eine Mädchenparty: Jede bringt ein Mädchen mit, das du noch nicht kennst. Und dann gibt es noch Internetforen, in denen du jede Menge Kontakte knüpfen kannst. Aber ganz sicher ersetzen diese keine reale Freundin, die im Notfall vor deiner Tür steht und dich im Zweifelsfall tröstend in ihre Arme schließt, wenn du das brauchst.

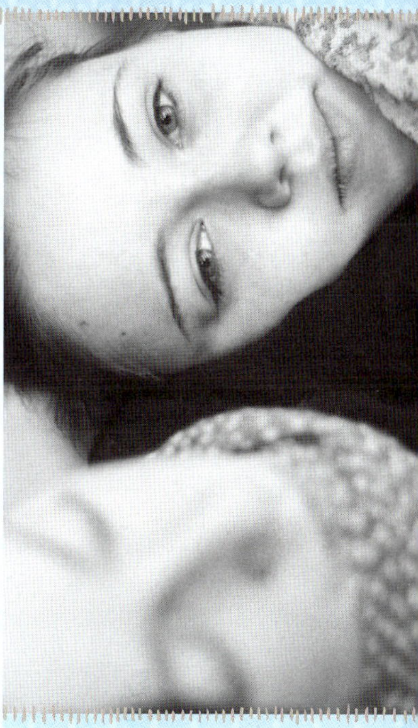

Freundin oder nicht, das ist manchmal die Frage. Wenn du dich in folgenden Situationen wiederfindest, weißt du die Antwort und hast die Wahl, daraus Konsequenzen zu ziehen. Vielleicht ist auch alles halb so schlimm, vielleicht bittest du deine Freundin um eine Aussprache mit dem Ziel, dass sich euer Verhältnis verbessert. Oder du gehst auf Distanz, freundlich, aber bestimmt. Wichtig: DU entscheidest, wie es weitergeht.

Du fühlst dich ausgenutzt, weil sie ständig die Hausaufgaben von dir abschreibt oder sich auf deine Kosten am Kiosk durchschnorrt.

Du bekommst mit, wie sie über dich lästert und dich in der Clique übergeht.

Du wartest stundenlang auf ihre versprochene Nachricht oder ihr Erscheinen am Treffpunkt.

Du bist nicht mehr du selbst, weil sie dich in allen Dingen nachmacht.

Du fühlst dich von ihr belagert und eingeengt, weil sie sich über die Maße an dich klammert.

Du fühlst dich in ihrer Gegenwart unwohl, befangen und alles andere als fröhlich.

Friedensfahne für den Mädchenkrieg

Heimliches Tuscheln, fiese Augengefechte, abschätzende Blicke – Mädchenkrieg gehört zu den unangenehmen Erfahrungen des Lebens. Wenn du mittendrin steckst und am liebsten nicht mehr in die Schule, den Stall, die Ballettgruppe oder den Verein gehen würdest, helfen dir die Überlegungen auf dieser Seite.

Als Mädchen hast du heutzutage das große Glück, frei und ohne Vorurteile aufzuwachsen! Noch nie in der Geschichte der Menschheit hatten Frauen so viel Freiheit wie hierzulande! Deswegen kannst du dich auf deinem Weg wunderbar ausprobieren und frei machen von typischen Weiblichkeitsklischees und Rollenbildern. Auf der Suche nach dir selbst kannst du ohne Probleme verschiedene Charaktereigenschaften testen – von brav bis frech, von angepasst bis rebellisch, von „typisch weiblich" wie freundlich, nett, intuitiv, zurückhaltend bis hin zu „typisch männlichen" Eigenschaften wie ehrgeizig, direkt, machtbewusst und triebgesteuert.
Und weil die Mädchen um dich herum ebenfalls in der Ausprobierphase sind, führt das zwangsläufig zu Problemen.

Klatsch & Tratsch oder: Lästern ist für alle unterhaltsam – nur nicht für die Betroffene. Was einerseits durchaus menschlich ist, kann auf der anderen Seite ganz schön fies werden. Dann nämlich, wenn du ausgegrenzt oder dermaßen beschimpft wirst, dass es unter die Gürtellinie geht.

T!PP

Schwenke die Friedensfahne:

Dir ist es egal, du machst dein Ding und hast andere Freundinnen. „Lass die Weiber machen", denkst du, „das prallt einfach an mir ab." Wenn du das aushältst, ist Ignorieren die beste Möglichkeit, Kriegserklärungen auflaufen zu lassen. Irgendwann wird's den Lästertanten zu langweilig.

Wenn's nicht so schlimm ist: lassen! Ihr müsst ja keine Freundinnen sein, aber respektiert euch gegenseitig so, wie ihr seid. Das ist manchmal unglaublich schwierig auszuhalten, wenn einem die andere auf den Keks geht. Aber es hilft ungemein, wenn du dich für diese Haltung entscheidest: „Ich rege mich nicht über die auf! Ich habe mit ihr nichts zu tun! Die kann mich mal!"

Suche dir eine Vertrauensperson, die dich bei einem klärenden Gespräch unterstützt, beiden Seiten zuhört und bestenfalls vermittelt. Dazu müssen alle an einer Konfliktlösung interessiert sein und ihren Teil dazu beitragen.

Schnappe dir die Anführerin und frage sie unter vier Augen, was das soll. Erkläre ihr, wie du dich damit fühlst, wie verletzend ihr Verhalten für dich ist (Ich-Botschaften!) und dass sie dich wenigstens in Ruhe lassen soll, wenn ihr schon nicht einer Meinung seid. Hinter dem Rücken anderer lästern ist ein No-Go!

Frag mal deine Mutter oder ältere Freundinnen zum Thema Mädchenkrieg und was sie darüber denken. (Dafür bekommst du einen Silberorden!) Es wird höchste Zeit, dieses Muster des Ausschließens, Lästerns und Augenrollens zu durchbrechen und nicht mehr von Generation zu Generation weiterzutragen. Dass entsprechende Medien wie Soaps, Promi-Shows und Mädchenzeitschriften aus deinem Alltag verbannt werden, versteht sich dann ja wohl von selbst.

Bemühe dich, den wirklichen Grund für den Konflikt und die Bedürfnisse dahinter herauszufinden, also warum die andere dich eigentlich so fies anmacht (dafür bekommst du einen Orden in Gold!), wie beispielsweise Leistungsdruck, Stress mit dem eigenen Super-Power-Mädchen-Dasein, mangelnde Wertschätzung, Neid, Unzufriedenheit ...

Hand aufs Herz! Hast du etwas Blödes gemacht, wofür du dich zu entschuldigen hast? Hast du den falschen Ton getroffen und bist laut und unverschämt geworden? Dann pack den Stier bei den Hörnern und entschuldige dich!

Hoch die Mädchensolidarität

Mädchen und Frauen brauchen einander! Auch wenn wir nicht immer einer Meinung sind, ist es wichtig zu wissen, was wir aneinander haben, was uns unterscheidet – und was uns verbindet. Und da gibt es einiges!

Mädchen und Frauen lernen traditionellerweise nicht, laut und klar ihre Meinung zu sagen, weil von ihnen (immer noch) ein angepasstes Verhalten erwartet wird. Das führt zwangsläufig zu Missverständnissen, wie zum Beispiel: Deine Freundin geht einfach alleine shoppen, obwohl ihr etwas anderes ausgemacht habt. Wie reagierst du? Du sagst zynisch: „Danke, dass du auf mich gewartet hast!" Und grollst einige Stunden herum. Oder: „Ich bin enttäuscht, weil ich gerne mitgekommen wäre. Das nächste Mal warte bitte wie vereinbart auf mich." Dreimal darfst du raten, was sich besser anfühlt und die Situation nicht langfristig vergiftet. Sage, was du willst und fühlst, und du bekommst, was du brauchst!

Mädchen und Frauen wachsen in dem Bewusstsein auf, dass es „echte" Freundschaft nur zwischen Männern geben kann, siehe die drei Musketiere, Ernie und Bert, Schröder und Putin, Harry und Ron, da sind sich Psychologie und Philosophie einig. Oder fallen dir spontan sehr berühmte beste Freundinnen ein?! Und nicht zuletzt durch Soaps und Medien werden Mädchen dauernd mit Zickenkriegen, Klatsch und Tratsch konfrontiert, die die ehrlichen Gefühle zwischen ihnen vergiften, denn natürlich gibt es beste Freundinnen (iCarly, Wilde Hühner, Drei !!! ...). **Mach dein eigenes Ding!**

WER EIGENTLICH PROFITIERT DAVON,

wenn ihr euch gegenseitig die Augen auskratzt?

Mädchen und Frauen lernen immer noch nicht, sachlich und ernsthaft (!) Konkurrentinnen in Bezug auf etwas zu sein. „Spaßkloppe“ und Rumgerangel ist kein Mädchending, Mädchen bekommen heutzutage zwar vermittelt, dass Wissen, Durchsetzungsvermögen und Leistung ihre Position stärken, aber gleichzeitig auch (typisch) weibliche Eigenschaften in die Wiege gelegt – nett, hilfsbereit, freundlich, hübsch, angepasst ... Und das funktioniert leider nicht besonders gut: Wie kannst du freundlich, nett und hilfsbereit im Konkurrenzkampf sein und gleichzeitig deinen Ellenbogen einsetzen, weil du gewinnen und deine Machtposition stärken möchtest? Das ist ein ernsthaftes Dilemma, in dem Mädchen und Frauen heutzutage stecken. Und die Frage ist, ob du dich den Gepflogenheiten des Höher, Weiter, Schneller anpassen musst. Denn an sich ist es ja eine prima Eigenschaft, Rücksicht auf Gefühle und Bedürfnisse anderer zu nehmen und trotzdem sein Ziel zu erreichen! Aktuell gibt es viele weibliche Chefs, die mit ihrem ganz eigenen Führungsstil Erfolge verbuchen. **Finde deinen eigenen Weg!**

Mädchen und Frauen haben eigene Bedürfnisse und Machtgefühle, kennen sich und ihren Körper eigentlich ganz gut und haben auch eine eigene Stimme. Gleichzeitig erleben sie spätestens ab der Pubertät, dass sie sich an die Erwartungen von außen anpassen und ihre Meinung zurückhalten müssen, wollen sie nicht anecken, sondern anerkannt und beliebt sein. Damit stecken sie in einem Dilemma, das zwangsläufig unzufrieden und unsicher macht.
Lass dich nicht beirren!

Glückwunsch: Du bist sozusagen ein „neues“ Mädchen im Hier und Jetzt mit allen Freiheiten und Möglichkeiten und deinem eigenen, starken Willen. Andererseits scheinen in vielen Köpfen noch die „alten“ Weiblichkeitsklischees verhaftet zu sein. Und das macht es zu einer großen Herausforderung für dich, deinen Weg zu finden. Weil es den anderen Mädchen um dich herum genauso geht und ihr im Gerangel um eure Positionen euch eher gegenseitig verletzt statt unterstützt. Gut, wenn du jetzt die Hintergründe kennst und nicht zum Spielball der anderen wirst. Also: ein **Hoch auf die Mädchensolidarität!**

Top Girl TESTE DAS BESTE IN DIR!

Mach dir eine Kopie, bevor du diese Seiten ausfüllst, oder schreibe die Antworten auf einen extra Zettel, wenn du nicht möchtest, dass andere sie lesen.

Jetzt weißt du eine Menge über dich und dein Mädchensein! Hier kannst du noch mal darüber nachdenken und aufschreiben, was dich beschäftigt. Beantworte die Fragen spontan und aus dem Bauch heraus und hebe dir deine Notizen gut auf. In ein paar Jahren denkst du vielleicht anders darüber. Denn, wie war das: alle sieben Jahre …

Ich sehe so aus:

....

....

....

Meine Lieblingsklamotten sind:

....

....

....

Das sind/waren meine Lieblingsspielsachen:

....

....

Ich finde es gut, ein Mädchen zu sein, weil …

....

....

....

Ich finde es doof, ein Mädchen zu sein, weil …

....

....

....

Ich bin brav/wild/selbstbewusst/leise oder ...

Weil ich ein Mädchen bin, darf ich ... und das nicht ...

Das finde ich an Jungs toll ... und das blöd ...

Ich träume von ...

Das macht mich besonders traurig:

Das macht mich besonders froh:

Darüber lache ich am lautesten:

Register

Bildnachweis

© Fotolia: S. 4 Zlatan Durakovic; S. 5 Valeriy Kirsanov; S. 6 Nikolai Sorokin; S. 7 o.l. destina; o.r. Ian 2010; u.l. Delphotostock; u.r. Ruslan Kudrin; S. 8/9 HG Jan Engel; S. 8 Alekss; S. 10/11 HG Jan Engel; S. 10 o. Ramona Heim; Mi. bilderstoeckchen; S. 11 o. annems; CandyBox Images; u. Syda Productions; S. 13 o. goodween123; Mi.o. Eléonore H; Mi.u. Szasz-Fabian Jozsef; u. Africa Studio; S. 14/15 HG Jan Engel; S. 16 o. yuryimaging; S. 18/19 HG Jan Engel; S. 18 lcruise; S. 20/21 pico; S. 20 u. gow27; S. 21 o.r. euthymia; S. 22/23 HG Jan Engel; S. 23 Martinan; S. 24/25 Jan Engel; S. 25 u. Africa Studio; S. 26/27 HG Jan Engel; S. 27 u. B. Wylezich; S. 28/29 HG Jan Engel; S. 28 Drkskmn; S. 29 Mi.o. Dionisvera; Mi.u. atoss; u. NinaMalyna; S. 30/31 HG Jan Engel; S. 30 u.r. Ruslan Kudrin; u.l. Ruslan Kudrin; S. 31 o.l. Ruslan Kudrin; o.r. Ruslan Kudrin; Mi.o. Jürgen Fälchle; Mi u. Tarzhanova; S. 31 u. Ruslan Kudrin; S. 32/33 HG Jan Engel; S. 32 u. Giulio_Fornasar; S. 33 u. patrickjohn71; S. 34/35 HG pico; S. 36/37 HG Jan Engel; S. 38/39 HG Jan Engel; S. 38 u. mina92; S. 40/41 Jan Engel; S. 40 u. Bred&Co; S. 41 o.l. tvk888; Mi.o. kaycco; Mi.u.l. farbkombinat; Mi.u.r. ExQuisine; u. Cpro; S. 42/43 HG Jan Engel; S. 42 l. eyetronic; r. NinaMalyna; S. 43 o.l. Perry; o.r. Africa Studio; Mi.o. Africa Studio; Mi. Petr Malyshev; Mi.u. kazzakova; u. frog-travel; S. 44/45 HG Hanna; S. 44 o. ViewApart; u. klickerminth; S. 45 o. Andrey Popov; Mi.o. nenetus; Mi.u. dubova; u. Jürgen Fälchle; S. 46/47 HG orangeberry; S. 46 o. arborpulchra; S. 47 o. pololia; S. 48/49 HG orangeberry; S. 48 Omid Mahdawi; S. 49 o. pololia; u. bruno135_406; S. 50/51 orangeberry; S. 50 o. pololia; u. Gelpi; S. 52/53 orangeberry; S. 52 u. Monkey Business; S. 54/55 HG Jan Engel; S. 54 vladimirfloyd; S. 55 o. vladimirfloyd; Mi. Gelpi; u. Mat Hayward; S. 56–83 HG orangeberry; S. 56 o.Gorilla; u. Gorilla; S. 57 o.l. prudkov; o.r. Syda Productions; u. M. Schuppich; S. 58 u. liandstudio; S. 59 u. Andrey Popov; S. 60 Leonid Ikan; S. 61 chris; S. 63 o.l. Ramona Heim; S. 63 u. xalanx; S. 64 by-studio; o. rcfotostock; u.l. altanaka; u.r. Bred&Co; S. 66 u. bruno135_406; S. 67 Delphotostock; S. 68 o. Gorilla; Mi. photowahn; u. Bred&Co; S. 69 o. goodluz; Mi. Alena Ozerova; S. 72 o. bruno135_406; S. 77 u. drubig-photo; S. 79 Jacek Chabraszewski; S. 82 studioessen; S. 83 o.l. Schlierner; o.r. milicanistoran; S. 84–89 HG Hanna; S. 84 fabianaponzi; S. 85 o. Vagengeym; r.o. Gorilla; r.Mi. grafikplusfoto; r.u. Martinan; Mi.l. darkbird; u. Vasiliy Koval; S. 86 Gorilla; S. 87 u. Wrangler; S. 88 Gelpi; S. 90/91 HG Hanna; S. 90 Photographee.eu; S. 91 Giuseppe Porzani; S. 92–97 HG Hanna; S. 92 l. angiolina; r. Pavel Timofeev; S. 93 anekoho; S. 94 o.l. Viktorija; o.r. mini444; Mi.l. mini444; Mi.r. dessauer; u. Farina3000; S. 95 o. Konstantinos Moraiti; Mi. mini444; u. Gina Sanders; S. 96 Mi.o. swisshippo; Mi.u. Gina Sanders; Mi.u. blackday; S. 97 o. Serenethos; Mi.o. krasyuk; Mi.u. BillionPhotos.com; u. destina; S. 98/99 HG Hanna; S. 99 Mi. Kaponia Aliaksei; S. 100/101 HG Hanna; S. 100 l. Manuel Tennert; S. 101; S. 100 u. Julián Rovagnati; S. 102/103 HG Hanna; S. 102 Jürgen Fälchle; S. 103 u. pololia; S. 104/105 HG Hanna; S. 104 l. kmiragaya; r. Maksim Kostenko; S. 105 o. goldencow_images; u. mma23; S. 106/107 HG Hanna; S. 106 Innovated Captures; S. 107 o. Dot.ti; u. michaeljung; S. 108–117 HG Hanna; S. 109 o. doupix; Mi. electriceye; u.l. Schlierner; S. 110 o. Judywie; S. 113 o. luismolinero; u. Tran-Photography; S. 116 o. Patzita; S. 118/119 HG Hanna; S. 118 o. enkeli; u. manun; S. 119 o. denisismagilov; u. bevisphoto; S. 120/121 HG Hanna; S. 120 o. Christian Schwier; Mi. napri; u. nicolasberlin; S. 121 studioessen; S. 122/123 HG Hanna; S. 124 Alekss; S. 125 u.l. by-studio; u.r. godfer; S. 127 Valeriy Kirsanov

© photocase.de: S. 10 u. Gerti G.; S. 11 Mi. Pippilotta*; u. Pippilotta*; S. 14 o. clairette; u. macroart; r. hui-buh; S. 16 u. Luciana Bold Popescu; S. 17 o. Luciana Bold Popescu; Mi. martina.; u. ovokuro; S. 19 bit.it; S. 20 o. David-W-; Mi. himberry; S. 21 o.l. bit.it; S. 22 o. CreOhn; S. 22 u. natulka; S. 24 boerdi; S. 25 o. schiffner; S. 26 Gerti G.; S. 27 o. aussi97; S. 29 o. Juttaschnecke; S. 30 u.l. kalle.jipp; S. 32 o. inkje; S. 33 o. Judywie; S. 34 Bildersommer; S. 35 manun; S. 36 o. Pippilotta*; u. chiemsee; S. 37 manun; S. 38 o. Franziska Fiolka; S. 39 o. no more lookism; Mi.o. Kruemelmonster; Mi. inkje; Mi u. frau.L.; u. Kai1989; S. 40 o. Judwie; S. 40 o.r. inkje; S. 46 u. luh; S. 47 Mi.o. Count*O; S. 47 Mi.u. manun; u. Enxaor; S. 51 o. raperonzolo; S. 52 o. fotofrany; Mi. Judwie; S. 58 o. skatema87; S. 59 u. Francesca Schellhaas; S. 60 u. benicco; S. 61 o. Rike ; S. 62 Francesca Schellhaas; S. 63 o.r. boernbjorn; S. 66 o. Mr. Nico; S. 69 u. HBfotografie; S. 70 o. MMchen; u. emoji; S. 71 u. manun; S. 72 u. Mr. Nico; S. 73 suschaa; S. 74 Armin Staudt-Berlin; S. 75 vandalay; S. 76 bit.it; S. 77 o. inkje; S. 78 o. inkje; S. 80 MMchen; S. 87 o. no more lookism; S. 96 o. inkje; S. 99 o. a_sto; S. 99 u. schiffner; S. 100 Mi. luh; S. 103 o. inkje; S. 109 u.r. a_sto; S. 110 u. napri; S. 114 u. victorgeorgiev; S. 116 u. manun; S. 117 no more lookism;

Sonstige
S. 113 o. © S. Fischer Verlage; S. 114 o.+u. © Thomas Kowallik

Abkürzungen:
o = oben; u = unten; l = links; r = rechts; HG = Hintergrund